빛의 아이들

- 깨어난 부족들

②

빛의 아이들 2
- 깨어난 부족들

초판 1쇄 발행 2020년 4월 29일

지은이 최승주
펴낸이 장길수
펴낸곳 지식과감성#
출판등록 제2012-000081호

디자인 이현
편집 이현
교정 양수진
마케팅 고은빛

주소 서울시 금천구 벚꽃로 298 대륭포스트타워6차 1212호
전화 070-4651-3730~4
팩스 070-4325-7006
이메일 ksbookup@naver.com
홈페이지 www.knsbookup.com

ISBN 979-11-6552-138-7(03810)
값 13,800원

ⓒ 최승주 2020 Printed in Korea

잘못된 책은 구입하신 곳에서 바꾸어 드립니다.
이 책의 전부 또는 일부 내용을 재사용하려면 사전에 저작권자와 펴낸곳의 동의를 받아야 합니다.

이 도서의 국립중앙도서관 출판예정도서목록(CIP)은 서지정보유통지원시스템
홈페이지(http://seoji.nl.go.kr)와 국가자료공동목록시스템(http://www.nl.go.kr/kolisnet)에서
이용하실 수 있습니다. (CIP제어번호 : CIP2020016194)

홈페이지 바로가기

빛의 아이들 ②

깨어난 부족들

최승주 지음

무슨 일이 있어도 두려워 말고
끊임없이 영혼들과 대화하렴.

목차

프롤로그 / 7
Part 1 난쟁이 마을 / 11
Part 2 돈트의 동굴 / 19
Part 3 이리마 / 29
Part 4 자전거를 탄 코멘델 / 45
Part 5 헤도스의 오두막 / 61
Part 6 경고 / 89
Part 7 굶주린 승표의 영혼 / 101
Part 8 젊은 신사 / 123
Part 9 쫓고 쫓기는 추격전 / 135
Part 10 겁쟁이 테가 / 153
Part 11 위험에 처한 승표 / 171

- 우정이란 서로 간의 믿음으로부터 시작되는 것이다. -

프롤로그
그린고등학교 여학생 실종 사건이 두 번째 일어났을 당시

이른 아침 성민이네 과일가게 단골집 할머니가 용산역에 도착했다. 그녀는 작은 빌라들이 모인 골목골목을 누비며 어디론가 바삐 향했다. 혹시라도 누군가 쫓아오진 않을까 수십 번씩 뒤돌아보곤 했다. 마침내 장대비에 금방이라도 무너질 듯한 집 앞에서 걸음을 멈추었다.

"드디어 오셨네요. 이쪽으로요."

남색 정장을 입은 젊은 신사가 허리까지 오는 철창문을 열고 나왔다. 그는 할머니를 안쪽으로 안내했다. 양옆으로 돌담길이 있는 좁은 마당엔 깨지고 낡은 화분들이 줄지어 있었다. 이리저리 서로 휘감긴 넝쿨들이 그들을 반겼고 젊은 신사는 남색 페인트칠이 벗겨진 문에서 할머니를 보고 말했다.

"턱이 있으니 조심하시구요." 젊은 신사가 문을 열자 케케묵은 먼지들이 흩날렸다.

"테가는?" 그녀가 손수건을 꺼내 입을 가리고 물었다.

"안 온 것 같아요. 피하더라고요."

"여전하구만. 너라도 듣거라, 리누스. 사태가 심각해졌어. 한동안 마을이 떠들썩했는데 금세 조용해졌지. 예상했던 그대로야."

"표식은요?"

"며칠 전 과일가게 아들한테 해두었지. 부족들 중 한 명이라도 보면 좋겠다만."

"이름은요?"

"성민. 곱슬머리에 평범하게 생긴 남자애야. 2년 후면 그린고등학교로 배정이 될 테고 표식을 본 자가 한 명이라도 있다면 감싸려고 모여들겠지. 그렇다면 그 아이도 보호를 받을 수 있을 거야."

"정말 그럴까요?"

"물론이지. 부족이라면 절대 벗어날 수 없는 굴레야. 그 학교로 모일 테지. 하나둘 모일 거라고…." 그녀가 떨리는 목소리로 말하자 리누스가 물었다.

"대체 뭘 봤길래, 그리 불안해하시는 거죠?"

"학교 근방에서 육신이 없는 영혼과 마주쳤어."

"육신이 없는 영혼이요? 혼령 아닐까요?"

"아니야, 영혼일세. 최근에 아스테리아 여신과 대화를 나누다 알게 됐지. 사라진 여학생들은 그곳에 갇혀 있다네. 내가 딸처럼 생각한 아이는 꼭 지켜 달라고 부탁했더니 인어로 환생시켜 준다고 하더군."

"다행이네요."

"다행이라니 리누스! 한 고비만 넘겼을 뿐이야. 다른 한 명은 어떻게 될지도 우리가 모르는 상황이야. 누가 그 아이를 보호하겠나. 앞으론 상태가 더 심각해질 게 분명해. 그래서 이 먼 곳까지 자넬 찾으러 온 거고."

"큰일이네요." 리누스가 심각한 표정으로 자신의 사각턱을 쓰다듬자 그녀가 물었다.

"엘느는 요새 괜찮은가?"

"아니요. 마음의 병이 큰 것 같아요. 시간이 좀 더 필요합니다."

"그럴 것 같았어. 그래도 곧 있으면 그놈도 그린고등학교에 입학하겠지. 동년배라고 했으니 성민이라는 아이와 제발 마주쳐야 할 텐데. 그래야 계획이 이뤄질 거야. 자신이 부족이라는 것을 몸소 깨닫게 되겠지."

"그럼 언젠가 저도 만나겠네요."

"물론이지. 조만간 다시 찾아오겠네."

Part 1
난쟁이 마을

　신의 나무를 기억하는가? 매사 낙천적인 민호에겐 리더십과 용맹함을, 겁이 많고 신중한 민기에겐 어디서든 뚜렷이 보이는 시력을 부여했고 평상시 투덜대고 불만이 많은 승호에겐 순발력과 빠른 판단력을 주었다. 그들 중 가장 평범해 보일지 모를 성민이한테는 소울레아 부족들의 지혜를 선물했다. 아이들은 보이지 않는 선물에 실망을 한 상태였다. 오로지 총 네 개의 황금사과만이 진정한 선물이라 믿고서 이동하는 순간에도 꼭 쥐고 있었다. 어느덧 주위에는 말라비틀어진 나무들과 기둥 없는 밑동들이 보였다. 아무리 가도 보이지 않는 난쟁이 마을에 지쳐 갈 때쯤 민기가 산운에 가려진 돌산 하나를 발견하곤 소리쳤다.

　"저기인가 봐! 설마 저 암벽을 넘어야 되는 거 아니겠지?"

　암벽 꼭대기에서 뭔가 거뭇한 것들이 날아다녔다. 그것들을 보고 있자니 기운이 축 빠져나가는 기분이었다. 불길한 징조였을까. 얼마 못 가서 바닥에 깔린 액체의 점성이 굉장히 진득해졌다. 끈끈했던지라 걷기 불편했던 황새들이 몸을 탈탈 흔들어댔다. 모두들 땅으로 내려와 다리에 묻은 액체를 털어 줬다. 이러한 행동들이 수차례 반복되자 민기가 근심 어린 표정으로 암벽을 쳐다보았다.

　"걱정 마. 난쟁이들이 저 높은 곳에 살 리가 없을걸?" 민호의 말에 성민이도 동의했다.

"그래 맞아. 저 앞까지 굳이 안 가도 돼. 조금만 더 가면 나올 것 같아."

"아니야. 저번에 걔네가 손가락 하나 튕겼다고 터널 생겼던 거 기억 안 나? 저런 암벽쯤이면 손가락 두세 번 튕기면 가뿐하겠지." 민기의 생각은 여전했다.

"그래, 이렇게 말 나온 김에 다른 길로도 가보자. 이대로 가다간 세월아, 네월아겠어." 승호가 교복 바지에 묻은 액체를 신경질적으로 털어 내며 대답했다. 모두들 암벽을 다시 한번 쳐다보았다.

"어디로 가보게?" 성민이가 묻자 승호가 황새 등 위로 올라타며 말했다.

"어디가 되든 상관없어. 이 길 말고 다른 방향으로 가보자 이거지. 황새들도 진짜 우릴 도와주긴 하는 건지 말이야. 누가 조종하고 있을지도 모르잖아."

"그래도 저 앞까진 가보고 결정하자. 어때?"

성민이는 땅으로 풀쩍 내려왔다. 그러자 길바닥에 깔린 액체가 발목을 삼키듯이 덮었다. 가만히 보고 있던 민호와 민기도 따랐다.

"확인도 안 해보고 다른 길로 가긴 아깝잖아."

성민이의 말에 승호는 탐탁지 않았지만 잠시 고민하더니 축축이 젖은 교복 바짓가랑이를 세 단 가량을 접고 내려왔다. 그렇게 암벽을 향해 나아갔다. 한 발자국 디딜 때마다 미끄덩한 느낌에 온몸이 배배 꼬였다.

"거봐! 헛고생이야. 내 이럴 줄 알았어!" 승호가 허탈감을 감추지 못했다.

삐죽빼죽 거친 돌벽으로 이루어진 가파른 벼랑이 50미터 앞에 가까이 모습을 보였다. 돌산 전체가 매끄럽지 않은 표면이었고 사방으로 삐죽빼죽 튀어나와 있었다. 어느 쪽은 심하게 튀어나와 있어서 이러한 상태로 손과 발을 디디고 올라가기란 터무니없었다.

"마을이 있긴 한가?" 성민이가 허리를 크게 뒤로 젖혀 보였다.

모두들 잠시 흩어져서 그 주위를 살펴보기로 했다. 나무들은 누군가 갉아먹기라도 하는지 군데군데 패어 있거나 살짝만 건드려도 넘어질 듯 힘이 없어 보였다. 밑동만 남아 있는 뿌리는 이미 썩어 유제품이 오래되어 상한 냄새가 났다.

"한번 밀어 보자." 무언가 발견한 민호가 가까이 있던 민기와 승호를 불러냈다.

암벽을 뚫고 자란 두 개의 나뭇가지들 사이에 바닥부터 높이 2미터 지점까지 삐뚤빼뚤한 선이 보였다. 살짝 떨어져서 보던 승호가 다른 표면과 그 표면을 비교해 보았다.

"뭔가 껴 있는 거 같은데? 거칠어."

승호의 말에 민호가 한 발자국 앞으로 걸어가 등으로 짓눌러 보았다. 꿈쩍도 하지 않았다. 세 명이 온 힘을 다해 돌을 앞으로 밀어냈지만 요지부동이었다.

"아씨, 그만하자. 힘들어 죽겠다. 성민이는 어디 갔어?"

민기가 기둥들이 모여 있는 쪽을 즉시 가리켰다. 성민이가 등을 돌린 채 엉거주춤한 자세로 있었다.

"성민아!"

민호가 부르자 대답이 없었다. 충분히 들리고도 남았을 텐데 그 자세로 몸이 굳어 버린 것처럼 움직이지 않았다.

*

성민이는 차마 발이 떨어지질 않았다. 그곳을 지나가다 난쟁이의 머리카락을 지그시 밟았기 때문이다. 덥수룩한 머리카락이 문어 다리처럼 길게 뻗어 있었다. 그러거나 말거나 난쟁이는 그 자리에 우두커니 서 있을 뿐이었다. 아드득 아드득 소리를 내며 뒤돌아 나무를 갉아먹고 있던 것이다. 그 모습이 괴상해 보이기도 하고 꺼림칙했다. 가까이 다가온 친구들은 이 상황을 알게 되었다.

"어떡하지? 이제 떼거지로 나오면 어떻게 해?" 민기가 초조한 듯 발을 굴렸다.

민호는 괜찮다는 신호를 주었다. 성민이가 발을 살포시 떼어 보았다. 나무를 씹던 소리가 멈추더니 끈적한 액체 물질 위로 그의 머리카락이 움직이기 시작했다. 머리가 새하얘졌다. 민호는 싸울 태세로 얼굴 위로 손을 올렸다.

"아이 씨, 이거나 먹어!"

급한 마음에 승호가 자신의 황금사과를 그쪽으로 냅다 던졌다. 따라서 민호와 민기도 합세했다. 그중 하나가 길게 뻗은 갈색 곱슬머리 끄트머리에 맞닿아 떨어졌다. 뽀글거리는 소리가 들리더니 끈적한 액체가 머리카락 사이로 흘러나왔다. 그 사이 난쟁이의 길쭉한 손가락이 황금사과를 움켜쥐고서 털 사이로 빠르게 감추었다. 아삭아삭- 아그작아그작- 사과를 먹는 소리가 들렸다. 승호가 가까운 곳에 떨어진 사과 하나를 집고 툭 던졌다. 사과는 성민이와 가까운 곳에 떨어졌다. 난쟁이가 또다시 손을 내밀었다. 성민이는 사과를 얼른 주워서 난쟁이의 손바닥 위로 천천히 올려 두었다. 끈적한 액체가 바닥에 떨어지자 넓적한 손바닥이 보였다. 물집과 굳은살이 있었고 손마디는 울퉁불퉁해서 마치 개구리 손 같았다. 손 크기로 봤을 땐 어쩌면 몸을 작게 웅크린 거대한 형체일지도 모른다는 상상에 미쳤다. 다시 사과를 씹는 소리가 들렸다.

"이제 와, 이쪽으로 와 성민아."

민호 목소리에 고개를 돌리려던 찰나 머리카락이 벌어진 틈새로 언뜻 버선코 신발 끝에 뭔가가 보였다. 신발 끝에 붙어 있는 진주! 한쪽이 살짝 금이 가 있었다. 금이 가기 전에는 곱게 갈아 빚어진 진주였을 것이다. 시선을 빼앗긴 성민이의 두 눈이 금세 휘둥그레졌다. 진주 안에서 희미한 빛이 나더니 더욱 커지려 했다. 그러나 뽀글거리는 액체가 그 위를 덮어 버렸다.

"몸이 안 움직이나 봐…." 성민이를 유심히 지켜보던 민기가 떨리는 목소리로 말했다.

"어이! 어이!"

승호 목소리에 성민이가 정신을 차리고 즉각 한 걸음 뒤로 물러섰다. 온 신경이 난쟁이한테 쏠린 탓에 작은 행동에도 움찔했다. 난쟁이가 손을 높이 들고 엄지와 검지가 부딪혀 '딱' 소리를 냈다. 익숙한 소리와 함께 민호가 찾은 입구에 구멍이 뚫려 있었다. 난쟁이는 어디론가 사라져 버렸다.

"넌 깡도 좋다. 그렇게 가까이 보고 싶었어?"

승호의 질문에 성민이는 대답하지 않았다.

난쟁이가 만들어낸 곳은 아무것도 보이지 않았다. 햇빛이 전혀 들어오지 않았다. 사실 너 나 할 것 없이 들어가고 싶진 않았다. 민호가 슬쩍 손을 넣었다 빼거나 한쪽 다리를 내밀어 보기도 했다. 승호가 아— 소리를 내보았다. 그때 콧잔등을 간질거리는 바람이 불었다. 비염이 있던 민기가 재채기를 하며 코를 비비다 손에 붙은 갈색 털을 보고 화들짝 놀랐다.

"애들아, 걔네 이 안에 있어! 가면 안 돼."

민기의 말을 들을 친구들이 아니었다. 그 말에 민호가 수중에 남은 손전등을 꺼냈다. 하나는 멀쩡했지만 다른 하나가 말썽이었다. 희미해서 저 안을 둘러보기란 터무니없었다. 이제 꺼내도 무의미한 핸드폰은 어차피 안 될 터. 민기가 가지 말자고 설득하자 승호가 물었다.

"혼자 여기 있게?"

"네가 다른 길로도 가보자면서. 이 안에 또 뭐가 있을 줄 알고 무작정 들어가겠다는 거야?"

"것도 그렇긴 한데. 여기서 있을 순 없잖아." 성민이가 민기를 달래 주듯 말하자 승호가 발끈하며 말했다.

"야. 남자 새키가 뭐가 무섭다 그래. 어차피 허리만큼 오지도 않는 애들이야. 뭐 하나하나 손전등으로 비춰 보면 알겠지. 난쟁이들처럼 땅굴 속에 사나 보지. 아니면 뭐…."

그때였다. 하늘에서 황새들의 짧은 울음소리가 들리더니 민호가 소리쳤다.

"조심해!"

Part 2
돈트의 동굴

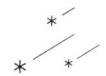

 동굴 바닥은 끈적거리는 액체가 없이 마르고 딱딱했다. 모여 있었던지라 뒷사람이 앞사람 위로 겹쳐서 넘어졌다. 민호가 어정쩡한 자세로 일어나 손을 양옆으로 뻗어 돌문을 힘껏 밀어 보았다. 꼼짝도 하지 않았다.
 "이럴 줄 알았어! 망했어. 망했다고. 내가 여기 아니라고 했잖아. 이곳에 들어오는 자체부터가 마음에 안 들었다고…." 민기가 몸을 둥글게 웅크리더니 두 손으로 얼굴을 감싸 안았다.
 "내 생각엔 그 빌어먹을 황새들이 지들 서식지에 가둔 거야. 여기서 한 놈이라도 나타나 봐. 부리부터 꺾어 버리겠어." 승호가 화를 억누르며 말했다.
 "수명이 길진 않을 거 같아." 민호가 손전등 렌즈 앞부분을 가볍게 탁탁 쳐내며 말했다. 캄캄한 어둠 속에서 희미한 불빛이 생겨났다.
 "하나는 떨어트렸어." 성민이가 기어가는 목소리로 말했다.
 "뭐!?" 놀란 민기의 표정이 그들의 눈에 선했다.
 "거봐, 내가 들어오지 말자 했잖아." 민기가 울먹이자 민호가 민기를 비추며 말했다.
 "일단 들어왔잖아. 그만 찡찡대고 바닥에 떨어진 손전등부터 찾아보자."
 각자 무릎을 굽혀 동굴 바닥에 손을 얹고 더듬거렸다. 손전등을 들고 있는 민호 곁에서 민기는 한 바닥만 톡톡 두들겨댔다.

"제길! 깨졌어!" 얼마 지나지 않아 승호가 절망적인 목소리로 외쳤다.

그러자 민호도 한숨을 내쉬며 손전등을 꺼버렸다. 앞은 보이지 않았고 갇힌 신세에 아무런 방도를 찾을 수 없었다.

"그럼, 손전등 꺼지기 전에 조금이라도 앞으로 가보자." 민호의 말에 민기가 절대적으로 반대했다.

"아니야. 너희끼리 다녀와. 차라리 난 여기서 몸이나 웅크리고 있을래. 그게 더 안전할 것 같아."

"나도 딱히 앞으로 가고 싶진 않아." 성민이도 이에 동의했다.

"여기서 이러고 있을 순 없잖아."

민호가 민기를 설득하고 승호가 성민이를 설득했다. 걷다 보면 사라진 여학생을 발견할 수도, 아니면 수진이가 있을 수도 있을 거라고 했다.

민기는 머뭇거렸지만 끝내 동의했다. 앞 사람 어깨에 한 손을 올리고, 옆 사람 팔목을 살짝 움켜쥐고서 앞으로 나아갔다. 발이 겹치지 않기 위해 보폭에 맞춰 종종 걸었다. 이때만큼 협동심이 좋을 순 없었다. 반경 1미터까지만 비춰 주는 손전등 불빛이 바닥에서 동그란 원형을 그리며 왔다갔다 움직였다. 주위가 조용하다는 사실에 찜찜해졌다.

"어디까지 갈 생각이야? 이제 돌아가자. 이러다간 방향감각을 잃어버릴지도 몰라." 민기가 나지막이 말하는 목소리를 들으며 멈추지 않고 이동했다. 민호가 손전등을 치는 횟수가 잦아지자 암묵적으로 걷는 속도가 빨라지더니 갑자기 걸음을 멈춰 섰다.

"방금 무슨 소리지?"

어디선가 똑똑 떨어지는 물방울 소리가 들려왔다. 속도나 소리로 보아 안으로 들어갈수록 규모가 클 것이라 짐작했다.

"이대로 쭉 가다가 물에 빠지진 않겠지?"

"민호야, 앞만 비춰 보지 말고 벽 쪽도 가서 비춰 봐. 그냥 지나쳤을지 모를 문이 있을지도 모르잖아." 성민이가 말했다.

"아냐. 뭐가 있을지 어떻게 알아. 그러다 괜히 잠자는 사자 건들기라도 하면 어쩌려고." 민기가 벽을 비추려던 민호의 팔목을 잡아당겨 곧바로 제지했다. 승호도 그리 내키지 않는지 아무 말도 하지 않았다.

"잠깐만. 방금 비췄던 오른쪽 다시 비춰 봐. 손전등이 곧 꺼질 바엔 주변에 뭐라도 있는지 보는 게 낫지."

불빛이 벽 쪽에 머물던 짧은 순간 성민이가 뭔가를 발견했는지 안달했다. 민호도 궁금했는지 곧장 벽 쪽으로 달려가 비추었다.

"봐봐. 식물이 있잖아."

모두들 벽 쪽으로 손을 뻗어 마치 좀비마냥 걸어왔다. 벽에는 포도와 유사한 보라색 등나무의 줄기가 벽 가득히 붙어 있었다. 부분 끊어진 곳도 있었고 벽에 보라색 꽃물이 스며든 부분도 있었다. 식물 사이로 표식인지 심오한 문양들도 보였다. 뭔가 표현해 내고 있었지만 해석하기엔 쉽지 않았다.

"이게 뭐야?"

"곧 있으면 뭔가 나올지도 몰라."

보이는 벽을 따라 앞으로 걸었다. 얼마 안 돼서 손전등 불빛이 꺼질 기세였다. 여기까지 오느라 지친 아이들은 이제 작은 빛이라도 발견했으면 하는 바람이었다. 그들의 마음이 간절했던 걸까. 어디선가 흐르는 물소리가 났는데 높은 곳에서 떨어지는 물소리가 아닌 둔탁한 소리였다. 집중하고 들어 보니 노가 뱃전에 부딪히는 소리였다.

*

일정하게 놓인 통나무들이 밧줄에 엮여 있었다. 부둣가처럼 만들어진 나무계단을 따라 내려가자 작은 나룻배 하나가 묶여 있었다. 물 위에 뜬 네 개의 노가 나룻배를 탁탁 두들겼고 물방울이 떨어지는 소리가 희미하게 들려왔다.

"우리가 온다는 걸 알고 준비했나?"

"환영식이라도 해줄 거라고 착각하는 건 아니지?" 성민이의 말에 승호가 기가 막힌다는 듯 말했다.

"빨리 타기나 하자. 지체하다가 헛발 딛고 물속 탐험하기 전에."

동시에 손전등이 꺼졌다. 한시바삐 서둘러 나룻배 위로 올라탔다. 성민이가 손전등을 물속에 풍덩 빠트렸다. 민기는 검은 호수의 심연을 보지 않으려 노를 끌어안았다. 검은 물속에서 뭐라도 튀어나올 것만 같았다.

"저번처럼 유리 상자에 갇힌 기분이야."

"너희들 이러고 있었어? 우리는 양호한 편이었네."

"바로 인어들이 나타났긴 했지만…."

성민이는 그때를 잠시 회상하며 바지 주머니 안에 손을 집어넣었다. 물병을 비집고 들어가니 엄지손가락 한 마디 정도의 작은 구슬이 잡혔다. 구슬을 손아귀 안에서 만지작거리다 한번 꺼내 보았다. 아무런 반응이 없자 성민이는 실망했다. 막내 인어가 어떻게 사용했더라?

"저어 보는 게 어때?" 곰곰이 궁리하던 민호가 제시했다.

"아주 좋은 생각이야. 노를 젓다 보면 앞으로 가는지 뒤로 가는지 모를 수도 있겠어." 승호가 심드렁한 목소리로 말했다.

"사람이 말하면 비꼬지 좀 마." 민호가 말했다.

"언제 비꼬았다 그래."

갑자기 배가 중심을 잃고 기우뚱거렸다. 주변이 어두워 온갖 소리에 예민해진 민기가 벌떡 일어나 나룻배 위에서 온몸을 구석구석 털어댔다.

"미쳤어? 앉아! 앉으라고!" 짜증 난 승호가 민기한테 말했다.

"아니, 성민이가 바람 불었단 말이야."

성민이는 혹시나 하는 마음에 인어가 했던 것처럼 구슬을 향해 입김을 불어 보았던 것이다.

"왜 그러는 거야?" 민호가 화가 난 듯이 소리쳤다.

"아, 미안. 미안."

아쉬워하면서 자세를 바르게 하던 성민이는 자신의 손바닥 안에 있던 구슬이 없어졌다는 사실을 알아챘다. 그 즉시 기울였던 방향 쪽으로 고개를 내밀어 보았다. 아무것도 보이지 않았다. 이미 캄캄한 물속으로 가라앉고 있을 것이다. 마지막 남은 희망마저 사라져 버렸다.

"저기 있다!"

성민이가 별안간 소리치더니 자리에서 벌떡 일어났다. 배가 다시 기우뚱거리자 민기가 다급히 소리쳤다.

"빨리 죽여!"

배가 전보다 심하게 기우뚱거리더니 승호가 잡던 노를 놓치고 말았다. 첨벙 소리에 모두들 자리에서 벌떡 일어났다. 간신히 서로의 팔을 뻗어 기울어진 중심을 잡았다.

"뭐야? 무슨 일이지?"

"맙소사! 성민이가 빠졌어! 물에 빠졌다고!" 민기가 한 말에 또 다시 첨벙, 승호가 뛰어들었다.

*

구슬에서 뿜어져 나오는 빛은 어마어마했다. 하지만 급속도로 빛이 줄어들고 있었다. 성민이는 희미해지는 빛을 향해 거침없이 헤엄쳤다. 깊이를 알 수 없는 물속보다 이대로 놓치면 잃어버리게 될지도 모른다는 생각이 더욱 컸다. 빛을 잃기 전에 구슬을 잡아야 했다. 속도를 더 내서 팔을 쭉 뻗은 후에야 가까스로 낚아챘다. 손아귀에 들어오자마자 구슬은 찬란한 빛을 뿜어냈다. 손을 펴서 빛을 보는 순간 더 이상 이 구슬을 놓아선 안 된다는 생각에 사로잡혔다. 구슬만 있다면 뭐든지 해낼 수 있다는 자신감이 샘솟았다. 그런 기쁨도 잠시 어떤 거대한 형체가 성민이 앞을 슥 지나쳐 갔다. 너무 놀라 하마터면 숨을 그대로 들이마실 뻔했다. 구슬로 얻었던 힘이 도로 두려움으로 바뀌었다. 정신을 잃으려는 순간 승호가 성민이의 어깻죽지를 잡고 위로 헤엄쳤다.

"나왔어! 맙소사. 다행이다…." 민기가 한숨을 크게 쉬었다.

승호가 흠뻑 젖은 채 헉헉거렸다. 성민이는 승호가 뭔가 보았다는 것을 느꼈다. 자신이 제대로 보지 못했던 거대한 형체를 본 승호가 충격을 받고 혼란스러워하고 있었던 것이다.

"왜 뛰어든 거야? 여기서 물에 빠져 죽을 뻔했잖아!" 민호가 화를 내다 손 안에서 빛이 새어 나오는 것을 보고 눈이 휘둥그레졌다. 성민이는 신경이 쓰였지만 이내 손아귀를 자랑스럽게 펼쳐 보았다.

"와 이거 진짜 멋진데?" 민호가 주위를 살피며 미소를 보였.

구슬 때문인지 벽에 있던 연보라색 등나무 식물에서도 빛이 은은하게 나고 있었다. 등나무들이 앞으로 길게 늘어서 있었고 통로가 보였다. 다들 넋이 나간 표정이었다. 모두들 부러움과 경이로움에 성민이를 바라보았다.

그들은 등나무 길을 따라 힘차게 노를 저었다. 조금 더 나아가니 막혀 있던 천장이 뚫리면서 새로운 구간이 나왔다. 눈앞을 가로막은 거대한 아치형 문을 제외하고 누군가 멀리서 과녁을 맞추기라도 한 듯 나무 판들이 규칙성 없이 벽면에 한가득 꽂혀 있었다. 한눈에 봐도 사연이 많은 공간처럼 보였다. 승호가 고개를 젖히며 말했다.

"이젠 걔네가 뭐든 간에 얼굴 좀 비쳤으면 좋겠어. 여지껏 고생한 거 생각하면 바로 싸울 수 있을 것 같아."

나룻배를 묶어둘 곳이 보이지 않자 민호가 얕아진 물가에 풀쩍 뛰어내렸다. 승호와 성민이도 따라서 나룻배를 끌었다. 땅은 온통 자갈 바닥이었다. 여기까지 밀려 나온 흠뻑 젖은 등나무 잎들도 드문드문 보였다.

"만든 지 오래된 것 같아." 민기는 바닥에 떨어진 나무 판을 보고 말했다.

민호가 하나를 집어 들고 나무 판이 박혀 있는 곳으로 가서 힘껏 내리쳐 보았다. 부러지지 않았다.

"오, 다들 하나씩 집어. 싸울 준비 됐지?" 승호가 떨어진 나무판자 하나를 들었다.

민호가 약간의 체조를 통해 몸을 풀기 시작했다. 그러자 민기가 후다닥 다가가 말했다.

"야. 무슨 생각인 거야?"

"안 싸워. 한번 문 위로 올라가 보게. 뭔가 있는 것 같아."

민기가 올려다보니 아치형 돌문 위로 볼록 튀어나온 원형의 구가 보였다. 둥근 돌이 벽에 끼여 있었다.

"위험해. 굳이 안 올라가도 되잖아. 자칫 중심이라도 잃었다간 큰일 난다고."

"그딴 말은 하지 마. 괜히 떨어질 가능성이 생기잖아."

승호가 대꾸하는 와중에 성민이가 갑자기 조용히 하라는 신호를 주었다. 그들 주위에서 몇 명의 난쟁이들이 유령처럼 나타나 네 명의 아이들을 스쳐 동굴로 들어가고 있었다. 그들의 몸이 닿자 닫힌 돌문이 난쟁이들의 몸 체대로 녹았다. 그들이 쉽게 통과하자 그 공간이 다시 메워지기 시작했는데 기이한 광경에 민기가 사색이 되었다. 난쟁이들이 전부 안으로 들어가자 동굴 안에서 희미한 빛이 반짝반짝거렸다.
 "민기야, 네 말대로 여기 올라갈 필요 없었네. 닫히기 전에 빨리 들어가 보자." 민호의 말에 승호가 나무 판을 들고서 비장한 목소리로 말했다.
 "좋아. 이제 여기서 피할 곳도 없어."

Part 3
이리마

 난쟁이들의 빛을 따라가자 짙은 회색빛 터널이 모습을 드러냈다. 잠시 후 천장이 열리고 웅장한 크기의 동굴이 나타났다. 깨진 수정체들이 바닥에 가득했는데 보랏빛으로 영롱히 빛나고 있었다. 더없이 높은 천장에 타원형 모양의 형체가 몸을 웅크리고 있었다. 마치 곧 있으면 부화하려는 알처럼 보였다. 물끄러미 보고 있는 와중에 끈적한 액체들이 천장에서 뭉텅이로 떨어졌다. 다들 고개를 숙여 피하면서 사면으로 둘러섰다.
 "그러니까 판때기 챙기라니까!" 승호가 나무 판으로 머리 위를 보호하자 너도나도 끼어들었다.
 주위를 둘러보니 바닥에 있던 수정체들이 끈적한 액체를 빨아들이면서 빛을 내기 시작했다. 신기한 광경에 두려움보다 호기심이 생긴 민호가 기둥이 없는 중간으로 걸어갔다. 민기가 말렸지만 성민이와 승호도 따라갔다. 모두들 천장과 기둥을 쳐다보았다. 마치 박쥐 무리 안에 들어온 먹잇감이 된 것 같았다.
 "뭐야, 왜 이러지?"
 가던 길에 빛이 줄어들기 시작했다. 더 큰 이변이 일어나지 않기를 바랐다. 민기가 안절부절못하자 성민이가 말했다.
 "쉿, 조용히 해봐. 뭐라도 나타나겠지."
 암흑이 찾아왔고 아무도 나타나질 않았다. 민기가 겁을 지레 먹고 승호의 옷자락을 잡자 승호가 질색했다. 반면 성민이와 민호는 이들의 존재에 대해 궁금해졌다. 아직 경계는 했지만 어떤 의도로 자신들에게 다가왔는지 궁금했다. 성민이는 빛을 내던 진주로 인해서 그들에 대한 호기심이 더욱 강해져 있는 상태였다. 뭔가 끌리는 소리로 보아 난쟁이일 터, 승호가 몸을 흔들어대며 말했다.

"야야. 얘들아 빨리, 다들 내 쪽으로 몸 돌려봐."

바닥에서 희끄무레한 두 개의 빛이 보이더니 난쟁이가 앙상한 손을 내밀고 나타났다.

"아무리 봐도 사과에 맛 들린 것 같아." 민호가 말했다.

"뭔가 있는데?"

성민이의 말에 다들 의심스러운 표정으로 내려다보았다. 널찍한 손바닥 안에 초록색 잎을 빻아 완두콩처럼 타원형으로 말린 8알이 올려져 있었다. 네 명 모두 갸우뚱거렸다.

"이게 뭐야?"

승호가 얼굴을 잔뜩 찌푸렸다. 민호가 한 알을 쥐고 킁킁거리며 냄새를 맡다가 검지와 엄지로 꾹 눌러 보니 그대로 으깨졌다.

"먹는 건가?" 민호가 말했다.

"난 안 먹을래. 토할 거 같아." 민기가 헛구역질을 했다.

"낸들 알아? 이것도 황금사과랑 같은 효과를 낼지?" 승호가 말하자 성민이가 고개를 끄덕였다.

"적어도 우리한테 도움이 될 만한 거겠지."

민호가 입 안에 털려고 하던 순간 난쟁이가 민호의 팔을 덥석 잡았다. 너무 차가워 절로 신음 소리가 났다. 다들 민호의 손목을 잡고 있는 난쟁이의 팔을 바라보았다. 끈적한 액체가 땅으로 툭툭 떨어지자 앙상하지만 축축한 분홍색 피부가 아래로 처진 상태였다. 민호는 난쟁이의 힘이 굉장하다고 느꼈다. 조금만 더 힘을 주면 자신의 팔이 이대로 부러질 것 같은 생각에 손의 힘을 풀어 보았다. 그러자 끈적한 손이 민호의 귀를 가리켰다.

"귀에 넣으라고?" 성민이가 묻자 난쟁이의 손이 다시 귀를 가리켰다.

민호는 의아해하며 말린 완두콩을 귓속에 가져다 댔다. 질퍽했던 재질이 꿈틀대며 외이도를 타고 들어가 알맞게 부착되었다.

"와. 귀에 꽂는 거였어. 니들도 빨리 해봐."

민호의 표정이 금세 변하더니 신기한 듯이 주위를 두리번거렸다. 승호는 귀에 꽂고서 손에 묻은 액체를 바지에 수차례 닦아 냈다. 그러다 이내 깜짝 놀라 휘둥그레졌다. 막힌 고막이 뻥 뚫려 주변의 미세한 소리가 뚜렷이 들려왔다. 벽과 땅에서 꿀렁거리는 끈적한 소리와 천장에 붙은 털북숭이 난쟁이들이 꼬물거리는 작은 움직임… 게다가 동굴 바닥을 타고 잔잔한 바람이 들어오는 것까지 선명하게 들렸다.

"우리들의 영웅이여. 얼마나 이 순간을 기다렸는지 모릅니다."

모두들 자신의 허리쯤에 있는 난쟁이를 내려다보았다.

"우와, 우리 앞에 계신 거 맞죠?" 민호는 드디어 그들과 얘기할 수 있다는 사실에 내심 기뻐했다. 무엇보다 그들이 말한 영웅이라는 단어에 내심 기분이 좋았다.

"그렇습니다. 제가 방금 드린 건 '이리마'라고 합니다. 아주 작디작은 벌레들 소리까지 들릴 정도로 청각이 발달됩니다. 대신 온도에 예민한 편이기 때문에 너무 뜨거운 곳에선 녹아 버리는 성질을 갖고 있습니다."

난쟁이는 이어서 아이들이 가장 궁금해 하고 있을 이곳을 소개했다.

"이곳은 아스테리아라는 섬입니다. 평상시엔 모습을 감추었다가 캄캄한 밤중에만 모습을 보입니다. 그런 특징 때문에 섬들 사이에서도 바다 위에 뜬 별이라 불렸죠. 워낙 아름다운 섬이라 인어들조차 현혹돼서 저희 섬을 주제 삼아 노래하기를 좋아했습니다. 저에게 그 노래를 부를 수 있는 영광을 한번 주실 수 있으실까요?"

격식 차린 말투에 차마 거절할 수 없었다. 그는 목을 두어 번 가다듬더니 떨리는 목소리로 부르기 시작했다.

드디어 바다가 잠에 들었네.
희뿌연 안개가 저들의 눈을 가렸고
그들이 모습을 드러낼 것이니
남은 뱃사공의 돛대를 돌리자.
빛의 섬이 눈을 떴으니.

오, 아스테리아. 희망을 노래하던 별이여.
멈추지 않는 노래를 부르던 기쁨의 섬이여.
여신의 축복과 모든 이들의 부러움을 받고서
어둠 속에서 길을 잃었네.

자비하시고 지혜로우신 아스테리아 여신이여.
깊은 잠에서 깨어나소서.
섬의 평화와 그날의 저희를 되찾게 해주소서.

위대한 소울레아 부족들이여.
목숨 잃은 아스테리아의 영혼들을 구원하네.
절망에 빠진 아스테리아를 구원하네.
가여운 저희에게 생명을 불어넣어 주소서.

섬이 다시 숨 쉬게 하소서.
영원토록 그들을 기억하소서.
그동안 잊었던 노랫말을 읊으리.
우리의 노래가 구슬피 들리네.
멈추지 않는 노래를 부르자.

그의 노래 솜씨는 굉장했다. 마치 아스테리아 섬이 눈앞에 보이는 듯한 느낌마저 들었다.

"잘 부르시네요." 민호가 말하자 성민이가 고개를 끄덕거렸고 승호가 엄지를 치켜올렸다.

"근데, 무슨 일이 있었던 거예요?" 민기가 물었다.

"네. 노랫말처럼 현재 심각한 상태에 놓여 있습니다. 어느 날 섬에서 지각 한 부분이 무너져서 많은 인어들과 요정들이 목숨을 잃었습니다. 저희도 한순간 정신을 잃고 일어나 보니. 말도 못 하는 벙어리가 되었어요. 지푸라기 같은 해초가 몸 전체를 덮고 있더군요. 몇몇 돈트들은 사라졌습니다."

"돈트요?"

"아, 저흰 돈트 종족입니다. '시간에 구애받지 않고 자라지 않는 아이'라는 뜻으로 요정들이 지어 줬죠."

"아이? 아이처럼 보이진 않는데요?" 승호가 품 하고 웃으며 말하자 성민이가 눈치를 보며 바로 물었다.

"대체 누가 그런 짓을 한 거예요?"

"브론테 마녀입니다."

"마녀요? 여기에 마녀도 살아요?" 민기가 놀라 되물었다.

"네. 늪지대에 있습니다. 저희들끼리 보그리안이라고 부릅니다."

"마녀는 어디서 나타난 거예요?" 승호가 묻자 민기가 번뜩 생각나서 말했다.

"신전에서 그림을 봤던 거 같은데…."

"사실 저희들도 마녀의 존재를 크레아두라고 불리는 하늘 감옥 앞에 있는 노파의 유언비어를 통해서 알게 되었습니다."

"우리 처음 왔을 때 만났던 할머니잖아." 다행히 모두들 기억하고 있었다.

"네. 그녀가 미래를 예언하는 경우도 있기에 그녀의 말에 따라 저희가 대강 짐작해서 그렸습니다. 얼굴은 모르지만, 브론테라고 자칭한 그녀의 힘은 목소리를 통해서 지금도 느껴집니다."

"그럼 이 물병도 마녀가 만든 걸까요? 저희가 이걸 마시고 왔거든요." 성민이가 주머니 속에서 물병을 꺼내 보였다.

물병이 오랜만에 주머니 속에서 모습을 보였다. 유리로 만들어졌지만 쉽게 깨지지 않고 호리병처럼 굴곡져 있었다. 성민이가 높게 든 물병의 바닥에서부터 전처럼 새하얀 소용돌이가 일어났다. 그 소용돌이는 찬찬히 위로 올라가면서 영롱한 색깔을 단번에 띠었다. 성민이가 가지고 있던 구슬보다도 무한한 밝은 빛이었다. 아이들 역시 그 아름다운 물병에 취해서 이곳에 왔기에 그 빛이 보이자 두 눈을 가렸다. 천장에 웅크리고 있던 돈트들마저 그것을 알아차린 듯했다. 작은 뒤척임 소리가 들리지 않았다.
 "맙소사. 살아 계시는군요." 다른 돈트였다.
 천장이나 어딘가에 웅크리고 있던 돈트 중 한 명일 터, 연이어 다른 목소리도 들려왔다.
 "그분들이 살아 계시구나."
 "아닐 거야."
 "아니야. 살아 계신다고 증명하고 있잖아."
 "그들은 여전히 존재하는 거야."
 "누굴 말하는 건가요?" 성민이가 물었다.
 "당신을 통해서요. 유일하게 모든 섬들을 드나들던 부족이었죠. 모든 부족들이 그들을 따랐어요." 난쟁이의 목소리는 차분하고 침착했던 방금 전과 달리 횡설수설했다.
 "저요?" 성민이가 놀라 물었다.
 "얘가 왜요? 대체 뭘 보고요?" 승호가 의아해하며 물었다. 나머지도 똑같은 반응이었다.
 난쟁이는 호흡을 가다듬으며 다시 말했다.
 "사실 저희는 대체로 어떠한 물체를 보면 그 물체가 무엇을 의미하는지 알 수 있는 능력이 있습니다. 지금 그 빛은 부족들이 곁에 있다는 표식입니다. 여러분은 얼른 레파테 셀바로 가야만 합니다. 요정 숲으로 가셔야 해요. 부족들은 위험한 상황에서도 반드시 여러분을 도와줄 겁니다."
 "부족들이요? 그들이 도와줄 거라는 걸 어떻게 믿죠?"
 성민이가 물었다. 그러자 그는 다시 흥분했는지 떨리는 목소리로 말했다.
 "당신을 통해 저희에게 희망을 알려준 겁니다. 분명 당신을 누군가는 알아볼 겁니다. 그러니 레파테 셀바로 가세요. 하지만 요정들은 외부인을 경계합니다. 돈트들한테 여러분은 영웅이지만 몇몇 요정들은 공격할지도 모릅니다. 이젠 누구든 쉽게 믿으려 하지도 않으니까요. 그래도 여러분은 우리의 섬을 되돌려 줄 구원자입니다. 오, 우리들의 영웅! 아스테리아를 구원하소서!"

"구원자?" 승호가 콧방귀를 뀌더니 어깨를 으쓱해 보였다.

"그럼 저희를 도와주시는 건가요?" 성민이가 걱정스레 물었다.

"안타깝지만. 저흰 도움을 줄 수 없습니다. 마녀의 통제 안에서 움직이거든요. 이미 마녀는 당신들이 이곳에 왔다는 걸 저희들을 통해 알고 있습니다. 언젠가 당신들을 도와준 저희에게 치명적인 독소를 뿜어낼지도 모릅니다. 마녀는 여러분을 무서워하진 않아도 불안해하고 있을 테니까요."

지금까지 돈트가 말한 내용을 듣고 아이들은 외모만 보고 꺼려했던 난쟁이들이 불쌍하게 느껴졌다.

"잔인하네. 그냥 말만 했는데 고통을 줘요?" 승호가 브론테 마녀가 들으라는 것처럼 따지듯 말했다.

"저희가 해내지 못할 수도 있는데요?" 민기가 서글픈 목소리로 묻자 돈트가 자신감이 가득 찬 목소리로 말했다.

"저흰 영생하는 존재였답니다. 손이 닿는 곳마다 생명을 전달했는데 이제는 스치기만 해도 썩어 문드러지고 있습니다. 간간히 나무의 기둥을 파먹으며 살아가고 있지요. 저희가 키워낸 나무를 도로 갉아먹고 있다는 생각에 굶은 적도 빈번했습니다. 브론테 마녀의 늪지대처럼 변해 가고 있는 꼴입니다. 우리들의 모습이나 모든 것들을 말이죠. 언제까지 이 모습 그대로 살 순 없어요. 이 탁한 공기도 지긋지긋합니다. 이러한 고통이라면 이미 죽은 거나 다름이 없습니다. 죽음을 겪어본 적이 없기에 그 고통이 뭔지는 모르지만 이럴 바엔 여러분을 도우다가 의미 있는 죽음을 택하고 싶은 거죠."

돈트들의 희생에 따른 그 말은 아이들에게 무거운 짐을 지우는 것과 같았다. 여태껏 이곳의 자세한 경황을 들어본 적도 없었지만 막상 들으니 적당한 말이 떠오르지 않았다. 어쩌면 아직 용기가 부족한 걸까.

"모두들 돈트라고 불러야 할까요? 진짜 이름은 뭐예요?" 성민이가 말하자 민호가 덧붙였다.

"이름을 알면 저희가 기억할 수 있잖아요."

"아… 누군가 이름을 불러 주지 않으면 까먹게 됩니다. 워낙 오랜만이라… 기억이 가물가물합니다. 마투네였어요. 아니, 아니야. 그건 우리들 중 한 명의 이름이었어. 블루아. 아니지. 이것도 함께 다니던 그들 중 한 명이었어. 버르… 마찬가지지."

그는 자신의 이름이 기억나질 않자 당황한 나머지 횡설수설했다. 하지만 다른 이름을 연달아 되뇌면서도 포기하지 않았다.

"오. 잠깐. 잠깐만요." 그가 말했다.

"라린. 제 이름은 라린이었습니다."

*

갑작스레 어둠이 찾아왔다. 라린의 목소리는 더 이상 들리지 않았다. 아무렇지 않았던 공기가 답답하게 느껴졌다. 더 이상 어둠은 두려움이 아닌, 부끄러움과 회한의 감정을 느끼게 했다. 난쟁이들에 대해 알고 나니 갇혀 있던 생각이 달라진 것이다. 크나큰 슬픔이 느껴졌다. 잠시 후 민기 앞쪽으로 조금 떨어진 곳에서 인기척이 났다. 성민이가 주머니 속에서 구슬을 꺼내 바람을 불자 버선코 끝에 아무것도 달지 않은 돈트가 나타났다.

"왜 아무것도 달고 있지 않은 거죠?"

"난 단 하나의 심장을 갖고 있거든. 다른 돈트들과는 달라." 목소리는 아이들과 나이가 비슷한 듯했고 다소 퉁명스러웠다.

"너흰 심장이 여러 개야?" 성민이가 다시 물었다.

"대개 돈트들은 심장을 두 개씩 갖고 있어. 돈트들은 신비한 능력을 가지고 있거든. 우리가 원하면 순간 몸이 사라지기도 하고 요정들처럼 낯선이를 온몸으로 느끼지. 너희는 우리의 경계에 들어온 순간부터 느낄 수 있었어. 신의 나무가 낯선 이방인들의 기운을 이곳 모든 생명체에게 전해 주거든. 이곳에서 너희를 모르는 사람들은 없을 거야."

"신의 나무가 준 선물은 뭔가요?"

"신의 나무는 항상 그랬듯이 누군가에게 눈에 보이는 선물을 주지 않아. 눈에 보이면 욕심이 생기기 마련이야. 받은 이들도 그랬고, 그래서 우리도 알 수 없어." 그의 말에 아이들은 서로 흘긋 쳐다보았다.

"이름이 뭐죠?"

"바먼."

"반가워요. 바먼." 민호가 신사답게 격식을 차려 인사했다.

"아니야. 헨피르."

갑작스레 들려온 목소리에 민호는 당황스러운 표정을 지었지만 다시 말했다.

"아. 죄송합니다. 헨피르."

"아니야. 몽트." 또 다른 목소리가 들렸다.

"너희 지금 뭐 하는 거야! 내가 먼저 바먼이라고 말했잖아."

"무슨 소리야! 내가 마지막에 몽트라고 했잖아!"

"헨피르라고 했는데 네가 불쑥 끼어들었잖아!"

연이어 귓가에서 들려오는 목소리들이 다투자 아이들은 당혹스러웠다.

"그만. 이제 그만하라고." 처음 퉁명스러웠던 말투인 바먼이 말했다.

"너희들도 조금 있다가 말하면 되잖아."

"그럼 나한테 말할 기회를 줘!" 나머지 두 명 중 한 명이 말했다.

"안 돼! 위험하다니까? 내가 대표로 말할게."

"싫어! 나도 영웅들이랑 말하고 싶어."

"아 알겠어. 그럼 너희들도 양쪽으로 내려와. 대신 나 먼저 말하고 난 다음이야."

'딱' 소리가 들리더니 아이들 앞에 두 명의 돈트들이 더 나타났다.

"반가워, 난 바먼. 말하고 있는 나는 중간에 있어. 아까 라린이 준 이리마는 무슨 일이 있더라도 절대로 빼버리거나 잃어버려선 안 돼."

"알겠어요. 바먼." 민호가 고개를 끄덕였다.

"왜 너희가 요정 숲에 가야 하는지 알려 줄게."

바먼이 말하고 있던 사이 양옆에 서 있던 난쟁이들이 한 걸음씩 사이를 좁히고 있었다. 버선코에 달린 빛이 조금씩 가까워졌기 때문이다.

"늪지대 숲 어딘가에 인간세계로 들어갈 수 있는 문이 있어요!"

아주 빠른 속도로 누군가 말하자 바먼이 소리쳤다.

"몽트. 이런! 내가 말하려 했잖아!"

"정말요? 돌아갈 수 있는 문이 있다고요?" 성민이가 한 걸음 다가갔다.

민기는 콧대를 쓸어 올렸고 민호는 턱을 만지작거렸으며 승호가 작은 두 눈을 부릅떴다.

"네! 그곳에 인간세계로 넘어갈 수 있는 통로가 있어요. 보그리안에서 목숨 걸고 빠져나온 돈트들이 알려 줬거든요. 금방 마녀한테 들키긴 했지만. 저희 생각도 마찬가지예요. 저희마저도 인간세계로 들어갔던 적은 없었어요. 통하는 문이 없거든요."

"잠시만요. 그러면 말하고자 하는 의미는 뭐죠?"

"이 정도면 됐지, 몽트? 이젠 내가 말할게." 헴피르가 나서서 말했다.

"요정들을 통해 보그리안으로 가는 겁니다. 요정들 중에서도 오직 페어리 요정만이 그 길을 알아요."

"그럼 빨리 가서 부탁하자."

"그런데 조심하셔야 됩니다."

"왜요?"

"예민하고 민첩한 요정입니다. 부끄러움도 많아서 누구 앞에 쉽게 모습을 보이려 하지도 않습니다."

"그럼 어떻게 해야 해요?"

"이리마가 도움이 될 겁니다. 모습을 드러내지 않아도 페어리 요정들의 목소리가 들리기 때문이지요. 그래도 당신들한테서 부족의 기운을 느꼈으니 그 요정들도 분명 알고 있기에 대화를 시도해 볼 가능성이 있습니다."

민기의 표정이 어두워졌다. 그러자 민호가 친구들을 보며 말했다.

"얘들아. 한번 해보자. 어찌 됐든 간에 그 요정들한테 도와달라고 해서 마녀를 만나긴 해야 돼. 물약을 마시고 나서 우리가 사라진 거나, 창고 문이 거대한 문으로 바뀌게 된 것도 그렇고 다 마녀 때문이라는 거잖아." 민호의 말에 다들 고개를 끄덕거렸다.

"그러면 혜성이랑 경비원 몸을 조종했던 범인이 마녀였던 거야? 마녀가 모든 걸 다 지켜보고 있었다는 거네?" 다들 민기의 말에 동의했다. 만만치 않을 거란 생각도 들었다.

"근데 뭘 통해서 지켜본 거지?"

"그것까진 모르겠어. 승원이랑 혜성이가 걱정이다." 성민이가 걱정스레 말하자 승호가 투덜댔다.

"걔네 둘? 아마 신경도 안 쓰고 있을걸?"

"설마. 혜성이는 안 그럴 것 같기도 한데. 우리 흔적을 봤더라면…. 아무튼 감사해요. 이제 저흰 그 요정들을 만나러 가볼게요." 민호가 잊지 않고 감사인사를 했다.

"잠시만요. 돈트들 모두가 영웅들께 마지막 인사를 하고 싶어 해요."

아이들은 어떠한 기대 없이 고개를 끄덕였다. 그들의 인사가 얼마나 아름다운 광경인지 모른 상태였으니 그럴 수 있다. 캄캄한 천장 위로 불빛이 하나둘 들어오더니 그 불빛이 바닥으로 우수수 쏟아졌다. 어두운 밤하늘에 무수한 별들이 땅으로 떨어진다면 이러했을 것이다. 아이들은 하늘에서 별이 떨어진다고 착각할 정도였다. 그 빛이 바닥으로 모두 내려오고 주변이 환해지자 아이들은 정신을 차렸다. 어느새 수많은 돈트들이 그들 주위를 둥글게 둘러서 있었다.

"너희들이 승리하면 그때는 평화가 찾아올 거야. 우리의 간절한 염원이었지. 보그리안에서 우리의 힘이 영향을 미치긴 힘들지만 항상 우리가 옆에 있다고 생각해줘.."

"결코 두려워하지 마. 너희들은 우리에겐 영웅이자 빛의 산물이야."

돈트의 진심 어린 말에 감명 받은 아이들은 이루 말할 수 없을 만큼 기쁨을 느꼈다.

"너희가 우리의 이름을 부를 땐 온몸이 전기에 감전된 것마냥 찌릿해. 생명을 불어넣은 것처럼 살아나는 기분이야."

"수백 명의 이름쯤이야. 거뜬하지!" 승호가 당찬 목소리를 냈다.

"내 이름은 노트야!"

"산도 기억해 주세요!"

"버들입니다! 렌이야! 마거릿! 헹크! 픽! 달르! 오르마! 풀! 헥스! 헨르! 빙카! 카릿!"

환호성에 따른 외침이 벽에 부딪혀 울리기 시작했다. 점점 커지는 목소리에 버선코에 달린 그들의 진주에서 빛이 뿜어져 나왔다. 아이들은 찬란하고 황홀한 빛에 둘러싸였다.

"내 이름을 불러본 지가 얼마 만인지!"

돈트들의 뜨거운 열기에 천장이 녹아내릴 듯했다. 아이들은 돈트들이 만들어준 길을 따라 전진했다. 돈트들이 자신들에게 가진 확신과 믿음에 다소 부담이 느껴지기도 했다. 하지만 자신들을 영웅이라고 믿는 돈트들이 보고 있으니 당찬 걸음으로 나아갔다. 바깥으로 발을 내딛는 순간 몸이 앞으로 쏠렸다. 디딜 땅이 없었던 것이다. 머리가 핑 돌며 정신이 혼미해졌다. 그렇게 아이들은 또 다시 어디론가 이동했다.

Part 4
자전거를 탄 코멘델

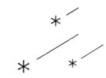

"최민기!"

목소리가 갈라지도록 질러대는 목소리에 민기가 눈을 부릅떴다.

"밧줄 잡아!"

성민이의 외침에 어설프게 손을 뻗는 순간 민기는 두꺼운 나뭇가지 위에 배를 내리찍었다. 아프다고 끙끙대며 주위를 살펴보니 주변이 온통 우거진 나무들로 가득했다. 나무 기둥 사이로 우뚝 솟은 산봉우리가 어렴풋이 보였다. 조금씩 해가 지고 있었다.

"야. 너 죽을 뻔했어. 우리 아니었으면 저 아래로 떨어졌을 거라고." 승호가 나무 기둥에 묶인 밧줄을 두 손으로 잡고서 혼자서 떠들었다.

"배는 괜찮아?" 성민이가 걱정스레 물었다.

땅은 저 아래 까마득한 곳에 있었다. 민호는 보이지 않았고 성민이도 나무 기둥에 묶인 밧줄을 잡고 있었다.

"이 밧줄들은 다 뭐야? 나무 기둥마다 묶여 있는 것 같은데?"

민기의 말에 주위를 돌아보니 밧줄이 수없이 연이어 있었다.

"이번엔 얌전하게 이동할 줄 알았더니, 이런 개 같은!"

승호가 욱하는 바람에 깜짝 놀란 성민이가 주의를 줬다.

"야! 조용히 해. 여기서 또 무슨 일이라도 터지면 어떡하려고 그래." 머쓱해진 승호는 짜증을 냈다.

"뭐! 근데 민호는 어디로 간 거야?"

모두들 경계심 어린 눈빛으로 주위를 확인하는 사이 민기는 뒤늦게 자신한테 이상한 변화가 일어났다는 것을 알아차렸다. 시력이 한층 더 선명해져 멀리 있는 기둥 사이에서 부리를 찍고 있던 새를 발견했다. 너무 놀라 소리치고 말았다! 게다가 더 멀리 있는 곳까지 무언가 획획 지나가는 형체도 보였다.

"야. 헛소리하지 말고. 민호나 찾아." 승호가 밧줄을 잡고서 매달리더니 민기한테 삿대질했다.

"진짜야. 뭔가 날아다녔어."

민기가 억울해하며 말하는 모습을 지켜보던 승호는 손에서 미세한 진동을 느꼈다. 잡고 있던 밧줄이 미세하게 흔들거리고 있었다. 때맞춰 달그닥 달그닥거리는 소리가 들렸다. 이리마를 끼고 있어서 그 소리는 모두 확실하게 들었다.

"헐. 저게 뭐지?" 민기가 어딘가를 응시하더니 떨리는 목소리로 말했다.

"왜? 뭔데? 뭐가 보여?"

"얘들아 뛰어!"

무슨 일인지 민기가 고함을 지르더니 눈 깜짝할 새 뛰어내렸다.

"저 자식 완전 돈 거 아니야?!" 식겁한 승호가 두 눈이 휘둥그레진 채 성민이를 보고 말했다.

나뭇가지가 자신을 긁고 지나치든 나뭇잎이 얼굴을 전부 훑고 가든 아래로 보이는 밧줄이 있으면 거침없이 뛰어내렸다. 아슬아슬해서 눈 뜨고 못 볼 지경이었다.

"뛰어! 그냥 뛰라고!"

급박해진 민기의 겁 없는 행동에 둘은 호기심에 못 이겨 확인해 보았다. 뭔가 기둥 사이로 휙휙 날아오는 듯했는데 눈 깜짝할 사이 승호가 잡고 있던 밧줄 위로 뭔가 붕 날아와 착지했다. 나무 자전거였다. 그 위에 올라타 있는 무언가는 다부진 몸 전체가 갈색 털로 뒤덮여 있어 인간이 진화하기 전의 유인원 모습과 닮아 있었다. 아이들을 내려다 본 그의 표정이 좋지 않았다. 승호와 성민이가 낯선 침입자라고 느낀 것이다. 그는 돌연 고개를 젖혀 신호를 보내는 울음소리를 냈다. 그의 시선을 따라가 보니 그와 비슷한 무리가 똑같은 소리를 내며 밧줄 위로 하나둘 착지했다. 모두 똑같은 표정으로 내려다보고 있었다. 본인들이 심각한 상황에 놓였다는 사실을 알기까지는 몇 초 걸리지 않았다.

"뛰어!" 성민이와 승호가 서로를 향해 소리쳤다.

*

둘 다 죽기 살기로 밧줄을 향해 점프했다. 금방 민기가 있는 곳까지 따라잡을 순 있었지만 유인원들은 나무 자전거를 탄 상태였기에 금방 따라잡았다. 달그락 소리가 괴로울 지경이었다. 어느 지점에 이르자 내려가는 밧줄이 보이지 않았기에 앞에 보이는 밧줄로 이동했다. 민기는 손에 힘이 빠져 허우적거리며 밧줄을 계속 놓칠 뻔했다. 이러다간 땅이 닿기도 직전에 모두들 붙잡힐 것이다. 한시라도 빨리 몸을 숨겨야 했다.

"안 되겠어. 일단 흩어졌다가 쟤네가 잠잠해지면 다시 보자. 붙잡히면 소리 질러."

성민이 말에 아이들은 즉각 흩어졌다. 민기는 나뭇잎이 많은 나무를 바로 발견하고 그쪽으로 방향을 틀었다. 갈 곳이 보이지 않던 성민이는 민기를 뒤따랐다. 승호가 보이지 않아 불안했지만 그런 걱정도 잠시 큰 잎사귀 너머로 한 명이 다가왔다. 그는 나뭇잎 냄새를 쿵쿵거리더니 숨을 크게 들이마셨다. 이윽고 고개를 갸우뚱거리며 위를 향해 소리를 냈다. 다른 곳에서도 우우- 소리가 짤막하고 굵직하게 들리더니 다른 곳으로 사라졌다.

"쟤넨 또 뭐야? 승호는 어디 갔지?" 성민이가 걱정되는 듯 말했다.

"내가 확인해 볼게."

"어떻게?"

"나 진짜 거짓말이 아니라 시력이 눈에 띄게 좋아졌다니까? 집중하면 투시도 될 것 같아."

"진짜로? 한번 해봐."

민기가 눈을 가늘게 뜨더니 대충 두리번거리다 금세 방향을 가리켜 보았다. 성민이는 긴가민가 아주 조심스레 다가가 잎사귀를 홱 걷어 버렸다.

"악! 살려 주세요. 잘못했어요. 뭐야! 미쳤어? 간 떨어질 뻔했잖아!" 승호가 무릎을 꿇고 싹싹 빌다가 얼굴이 빨개져서 벌떡 일어나 소리쳤다.

"와 대박이다!" 성민이가 넋이 나간 얼굴로 말했다.

"뭐가 대박이야?"

그때였다. 승호의 머리카락 위로 무언가 툭 떨어졌다. 쓸어내리듯 닦아 보니 가래침이었다. 유인원들이 침을 뱉고 사라졌다. 낄낄 거리는 소리가 들려왔다. 일부러 알고 그런 행동을 했던 것이다. 승호는 분노로 가득 차 얼굴이 새빨개졌다.

"저것들이 진짜! 이건 너무한 거 아니냐?"

승호가 침을 털어 내며 참았던 분통을 터뜨렸다. 그때 민호가 나뭇잎을 걷고 나타났다.

"얘들아! 다행이다. 이리마 때문에 먼저 피하긴 했는데 피해도 잘만 찾더라. 쟤네들 굳이 잡는 것 같진 않더라고."

"재수 없는 놈들."

"너 머리는 왜 그래?"

"저것들이 침 뱉었어."

"재수도 좋네. 쨌든 이리 와봐. 내가 신기한 걸 발견했어." 민호가 씩씩대는 승호의 어깨를 두들기며 말했다.

"또 어디 가려고?"

민호는 따라오라는 손짓을 하며 움직였다. 민기는 보지도 않고 움직이는 내내 저 앞에 있는 걸 말하는 거냐며 신기해했다. 성민이가 말해 주자 승호가 불평했다.

"불공평하게 왜 쟤한테만 준 거냐?"

얼마 가지 않아서 나무로 만들어진 레일이 보였다. 기둥과 기둥 사이에 설치되어 있었다. 더 앞으로 가자 나무 수레 하나를 발견했다. 외관상으론 문제없어 보였지만 이끼들과 얼룩진 상태를 보아 꽤 오래되어 보였다. 하지만 여태 쫓겼던 아이들에겐 멋진 차와 다름없었다.

"나름 훌륭하지?" 민호가 해맑게 웃었다.

한 사람 탑승하고 나니 다행히도 수레가 움직였다. 달그닥거리는 소리가 어렴풋이 들리자 민기는 마음이 급해졌다. 이동하던 수레에서 나사가 빠진 로봇마냥 삐그덕 소리가 났다. 덜커덩, 덜컥, 덜거덕, 숲 전체에 동네방네 그들의 존재를 알리듯 수레는 요란한 소리를 냈다.

"맙소사. 이러다간 다른 것들도 끌어들이겠어."

민호가 고개를 내밀고 레일 아래를 확인했다. 기둥에 묶인 밧줄은 튼튼해 보여도 레일이 꽤 바래진 상태였다. 또다시 자전거에 탄 유인원들한테 들릴까 봐 조마조마했다. 앞으로 얼마만큼 갈 수 있을지도 모를 일이다. 하지만 이미 지칠 대로 지쳐 말할 기력이 없었다.

"잠깐이라도 기대서 쉬자. 뭐, 어떻게든 되겠지." 승호가 민호의 옷을 잡아끌었다.

조금씩 땅거미가 지고 있었다. 숲속 나무 기둥마다 갈라진 틈새에 모인 반딧불이 반짝거리며 날아다녔다.

"잠깐. 무슨 소리 안 들려?"

민기가 목을 길게 빼더니 의심스러운 눈초리로 주위를 살폈다. 모두들 귀를 기울였다. 덜기덕, 쿠쿵, 레일 위를 천천히 달리는 나무 열차 소리만이 들려와 어깨를 으쓱했지만 어딘가 동물 소리가 비슷하게 나고 있었다. 승호가 자세를 바르게 하고 두리번거렸다.

"설마 또 쫓아온 거야?"

"아니야. 내가 봤을 땐 아까 거기는 걔네 서식지였을 거야. 그래서 화가 났던 거지." 민호가 확신에 찬 목소리로 말했지만 반짝이는 기둥 사이로 묶인 밧줄을 보고 입을 닫았다. 어디선가 끼긱거리는 작은 울음소리가 들렸다. 다시 쫓아온 걸까?

"저기 있어. 원숭이들이야. 엄청 많아."

모두들 민기가 가리키는 방향을 따라 앞을 보았다. 땅거미가 진 숲속 400미터 앞에 거대하고 시커먼 형체가 레일 앞에 모여 있었다. 수십 마리의 작은 원숭이들이 레일을 두고 뭔가 열심히 작업 중이었다. 유일하게 그 상황이 보였던 민기가 상황을 중계했다.

원숭이들이 빠르게 움직이며 레일과 가까운 양옆의 나무 기둥에다가 넝쿨을 꽉 조이고 있었다.

"큰일 났다. 열차를 멈출 생각인가?"

성민이의 추측에 모두들 자리에서 일어났다. 순식간에 거리가 50미터씩 좁혀지자 민기의 안색이 하얗게 질렸다.

"이…일단 붙잡히면 어떻게 할 생각이야?"

"그걸 질문이라고 하는 거야?" 성민이가 기겁하며 물었다.

"빼도 박도 못 하잖아. 여기서 뛰어내리지도 못하니 그런 거라도 생각해 둬야지."

200미터, 100미터… 말수가 줄어들고 모두들 가장자리 벽면을 꽉 붙잡았다. 그러나 이게 웬일인가! 걱정과는 달리 넝쿨은 손쉽게 뚝 끊어졌다. 그러나 쫓아오지도 않았다.

"뭐지? 왜 지켜보기만 하는 거야?"

민기가 확인한 결과 주위에서 드문드문 보이는 원숭이들이 움직이지 않고 어딘가를 뚫어지게 쳐다보기만 했다. 어떤 신호를 기다리는 것만 같았다. 기둥에 매달린 유인원이 뭔가를 손에 쥐고 있었다. 거대한 뱃고동 소리가 울렸다. 순식간에 열차의 속도가 줄어들더니 그대로 멈추었다. 사방에서 밧줄과 나뭇가지 위로 자전거를 탄 몇몇 유인원들이 모습을 보였다. 매서운 눈으로 수레에 탄 그들을 향해 위협하는 소리를 냈다. 어디선가 휘리릭 하는 소리가 들리더니 얼빠진 승호의 얼굴에 과일 하나가 강타해 팍 하고 터졌다.

"이게 뭐야?"

승호가 얼굴을 다급히 닦아 냈다. 초록색 토마토였다.

작은 원숭이들은 소리를 지르고 난리 법석이었다. 이어서 10센티 정도 크기의 굵은 나뭇가지, 갈색 바나나, 진흙 덩어리, 딱딱한 복숭아 등등이 무작위로 아이들에게 날아왔다. 우물 안의 개구리 신세였다. 그들은 멈춘 나무 열차 안에서 속수무책 맞기만 했다. 이에 화가 난 승호가 수레 안에 떨어진 토마토를 쥐어 들고 소리쳤다.

"야! 야! 너희들도 던져!"

토마토가 허공을 향해 휙 던져졌다. 나머지 아이들 역시 아무거나 쥐어 들었다. 물론 사방으로 날아오는 잡동사니들 때문에 시야가 잘 보이지 않았지만 운에 맡기는 쪽이었다. 10번 중 2번은 끼긱 하더니 짧은 비명 소리가 몇 번 들려왔다. 그 소리를 들은 아이들은 광기를 띤 미친 사람마냥 환호하며 잡히는 족족 냅다 던졌다. 방어가 효과적이었을까? 언제 사라졌던 건지 원숭이들 모두가 자취를 감추었다. 잠잠히 수군대는 소리가 들리긴 했지만 그건 멀리 도망가는 원숭이일 터, 힘들지만 승리를 만끽했다.

"이겼어. 우리가 이겼다고!" 민호가 신이 나 소리치자 모두들 똑같이 승리를 만끽하며 고함을 질렀다.

"진짜 끈질긴 녀석들이야."

지친 아이들은 바닥에 주저앉았다. 수레 안은 진흙투성이가 나뭇가지, 터져 널브러진 과일들로 알록달록해졌고 교복은 더러워져 네 명 모두 만신창이였다.

"와. 살다 살다 원숭이랑 싸워볼 줄이야." 승호가 온몸을 닦아 내며 말했다.

"레일 주변 좀 확인해 볼까? 과일이 잔뜩 껴서 움직일 수 있을지나 몰라."

그러나 수레가 갑자기 한쪽으로 기우는 바람에 민호는 도로 주저앉았다. 수레는 원래대로 돌아왔지만 반대로 움직이기 시작했다. 여태 고생해서 왔던 길을 다시 되돌아가고 있었다. 이상한 낌새에 모두들 고개를 내밀어 보았다. 수레 바닥에 수십 개의 작은 손들이 보였다. 원숭이들이 한꺼번에 수레를 짊어졌던 것이다. 민기가 눈을 가늘게 뜨자 저 멀리 앞서가는 유인원들도 보였다. 승호가 수레 안에 튄 과일 하나를 들고서 소리쳤다.

"얘들아! 바나나 줄게. 바나나!"

그러자 앞서 줄지어 가던 원숭이들이 뒤돌아 우끼끼거리며 위협하는 소리를 냈다. 민호와 승호는 나름 위협하겠다며 똑같이 따라 했는데 민기와 성민이가 식겁하며 자리에서 벌떡 일어나 그들의 입을 틀어막았다.

"얘들아. 괜히 자극하지 마. 아까 우리가 한 짓을 생각해 봐…. 무릎 꿇고 가서 빌어도 모자라단 말이야."

민기의 말을 부정할 수 없어 다들 고개를 끄덕였다. 승호는 자존심이 상했는지 궁시렁거렸지만 민기의 말은 사실이었다. 무슨 짓을 하려는 걸까.

*

그들의 서식지에도 적막한 밤이 찾아왔다. 그곳은 튼튼한 나뭇가지들이 많은 나무들이 밀집된 공간이었다. 하늘 위로 밧줄들이 획획 날아가자 수레가 차츰 땅으로 내려갔다. 곳곳에 나무 자전거들이 나뭇가지에 걸려 있었고 기둥마다 반딧불들이 모여 있었다. 기둥들 사이로 유인원들이 모습을 보였다. 몇몇은 밧줄 하나에 손을 걸친 채 아주 험악한 표정으로 혹은 경계의 표정으로 수레에 탄 그들을 쳐다보았다. 수레가 빈 터에 덩그러니 놓이자 묶였던 밧줄이 땅에 투두둑 떨어졌다. 얼마 만에 바닥에 이르렀는가. 하지만 전보다 마음이 편하지 않았다.

"과일 먹을래?" 민호가 애써 밝게 웃으며 바닥에 구르는 과일을 들어 보였다.

민기는 체념한 얼굴로 쳐다보지도 않았고 성민이 역시 고개를 설레설레 저을 뿐이었다.

"열 받아. 왜 이 얘긴 안 해준 거야?"

승호가 주위를 두리번거렸다. 몇몇 유인원들은 나뭇가지 위, 땅 아래에 모여서 아이들을 보며 심각하게 의논했다. 그들 주위로 원숭이 서너 마리가 보였다. 다른 곳도 마찬가지였다. 얼핏 봐도 작은 원숭이들의 수는 유인원들에 비해 숫자가 압도적이었다. 자그마치 100마리는 더 되어 보였다.

"저 기둥엔 왜 자꾸 가는 거야?"

가장 높고 굵직한 나무에서 작은 원숭이들이 과일을 들고 쉴 새 없이 움직였다. 성민이가 그곳을 가리키자 민기가 두 눈을 가늘게 뜨고 확인했다.

"저 꼭대기에 하나가 더 있어. 쟤가 우두머리인 것 같아."

그는 두꺼운 나뭇가지에 걸터앉아 바나나를 껍질 채 뜯어 먹고 있었다. 그의 눈빛은 마치 어둠 속에서 먹잇감을 지켜보는 것만 같았다. 더 관찰하려는데 주변에서 그들이 하던 회의가 끝났는지 허공에서 튼튼한 밧줄이 휘-릭 휘-릭 날아다녔다. 밧줄을 낚아챈 다른 원숭이들이 반대편 기둥에 곧바로 묶었다. 수레가 크게 기우뚱거리더니 조금씩 위로 들리기 시작했다.

"저 우두머리한테 데리고 가려는 건가?" 성민이의 질문에 민기가 고개를 끄덕여 보였다.

예상대로 그의 앞에 다다르자 원숭이들이 수레의 모서리 부분을 넝쿨로 꽉 동여맸다. 우두머리는 다른 유인원들과 달리 나이가 가장 들어 보였다. 그는 수레에 담긴 아이들을 빤히 보더니 먹던 바나나를 내려놓았다.

"깨어 있는 자들?" 우두머리가 무게 있는 굵은 목소리로 물었다.

"네. 맞습니다." 민호가 대답하자 그가 고개를 앞으로 쭉 빼며 말했다.

"덴드룸 작동 소리가 들려오다니. 영웅들이 왔다고 실컷 떠들어댔더군."

민기는 쥐 리크의 어깨 쪽에 깊게 패인 상처 하나를 보고서 몸이 떨렸다. 때마침 기둥을 올라온 한 마리의 작은 원숭이가 몸을 바짝 움츠리고 다가왔다. 작은 팔을 쭉 뻗어 먹다 버린 바나나를 낚아채곤 기둥 아래로 후다닥 내려갔다. 아이들은 그 원숭이마냥 몸을 절로 움츠리고선 그를 바라보았다.

"너희들이 정녕 아스테리아를 구원할 영웅인 것이냐? 피펫들보다 작아 보이는군."

그가 도로 자리에 앉았다.

"피펫이요?" 성민이가 물었다.

"피펫, 원숭이들을 칭한다. 우리 코멘델이 피펫들을 관리하고 있지. 난 쥐 리크라고 한다. 이곳 '멘투라'를 다스리는 우두머리다."

쥐 리크는 무언가를 강조할 때마다 목소리가 갈라졌는데, 그 부분이 그의 말에 힘을 더했다. 더없이 풀이 죽어 초라해진 아이들은 그의 말대로 피펫보다 작아진 기분이 들었다. 아니, 그보다 훨씬 더 작게 느껴졌다.

"저희는 왜 부르신 거죠?" 제 발 저린 도둑마냥 떨리는 민기의 목소리에 주변 곳곳에선 끽끽거리는 웃음소리와 흥분된 외침이 들려왔다. 쥐 리크는 손을 들어 올려 소란스러운 소리를 멈추었다.

"너희들이 먼저 우리를 불러냈다. 코멘델의 밧줄을 건드렸지."

"밧줄이요?"

"그 누구도 허락 없이 우리의 집결지에 들어와 밧줄을 수차례 건드는 경우는 없다. 나무 기둥에 오르는 그 무엇도 밧줄은 쉽게 건들지 않는다. 물론 지나가던 동물이라 생각할 수 있지만 잡고서 흔드는 경우는 우리를 부르는 신호다. 용건이 있거나 우리의 서식지를 탐하는 자들이겠지. 난 너희의 냄새를 맡았기에 한 번 아량을 베풀고 싶었다. 그런데 듣는 바론 피펫들한테 소리치기까지 했다는데 무슨 용건으로 그랬는지 직접 듣고 싶었다."

"만나서 반갑다고 인사한 거예요!" 살기 위해서 외친 듯한 민기의 대답에 하마터면 웃음이 터질 뻔했다. 그러나 쥐 리크는 꿈쩍도 안했다.

"너희들 때문에 피펫 두 마리가 아래로 떨어졌다." 이 말에 승호가 할 말이 있는지 목소리 높여 대답했다.

"사방에서 공격하는데 누가 맞고만 있겠어요! 저희도 지금 만신창이가 됐어요. 저흰 피펫들이 떨어진지도 몰랐다고요. 죄송해요."

"용서를 빌어도 상관없다. 너희가 얼마만큼 강한지 내가 직접 보고 싶었다. 겁먹은 너희의 모습을 한번 보아라. 어찌 그녀와 상대하겠다는 것이냐? 마녀와 상대하기 위해선 코멘델 하나쯤은 손가락 하나로도 이길 수 있어야 한다. 아니면 돈트들처럼 숨겨둔 강한 힘이라도 있는 것이냐?"

그의 질문에 말문이 막혀 버렸다. 작은 수레 안에서 속박된 채 수십 마리의 작은 원숭이들에게 속수무책 끌려왔다. 그의 위압감에 짓눌려 모두 입을 다물었다.

"레파테 셀바 숲 전체를 통틀어 그 누구도 보그리안 근처에도 들어가지 못했다. 나 또한 다섯 명의 코멘델과 피펫들 수십 마리를 데리고 갔음에도 불구하고 보그리안 숲 어귀에 이르기도 전에 피펫들 전부가 불에 타버려 전멸했다. 그리고 나를 제외한 코멘델 다섯 명도 모두 죽음을 당했다. 그들은 나의 형제들이자 아버지였고 나의 아내였다."

그 누구도 아닌 쥐 리크가 경고하고 있었기에 아이들은 아직 가보지 못

한 보그리안에 대한 두려움이 생겼다. 쥐 리크는 미간을 찌푸린 채 수레 안에 있는 아이들 네 명을 유심히 바라보았다. 이렇게 나약하고 작은 사람들이 마녀를 이길 수 있을까. 주위 피펫들의 울음 섞인 목소리가 커지자 쥐 리크는 손을 들어 올렸고 피펫들은 곧바로 조용해졌다.

"너희들이 아무리 눈 뜬 자라 할지라도 코멘델의 밧줄을 건드린 행위는 나와 나의 동료들을 상대하겠다는 뜻으로 받아들였다. 대다수의 피펫들이 강력히 반대했으니 난 그들의 의견을 존중한다! 그래서 난 너희들을 풀어 줄 생각이 없다!"

그가 외치는 동시에 피펫들이 크게 환호했다. 빠르게 나무를 타고 올라온 피펫이 아래를 내려다보더니 한 손을 들어 올려 끼긱! 하는 소리를 짧게 내었다. 작은 몸뚱아리에서 난 것치곤 큰 소리였다. 순식간에 수십 마리의 원숭이들이 그 주변 나무 기둥에 줄줄이 올라타 수레를 고정시켜 놓은 수십 개의 넝쿨을 거친 돌로 하나씩 끊어 내기 시작했다.

"잠…잠깐만요! 멈추세요! 이러다 곧장 아래로 떨어진다고요!"

민호가 항의했지만 그 외침에도 쥐 리크는 크게 신경 쓰지 않았다.

"한 번만 다시 생각해 주세요!"

"우리가 뭘 얼마나 잘못했다고!" 성민이와 승호가 외치고 연달아 네 명 모두가 살려 달라 소리쳤다.

쥐 리크는 매서운 눈빛으로 돌변했다. 그 자리에서 일어나 아이들을 향해 크게 포효했는데 소리는 그 장소뿐만 아니라 온 숲을 울릴 만큼 컸다. 곳곳에서 수군거리는 피펫 소리와 작은 소리마저 한순간에 잠잠해졌다. 어마어마한 파급력을 미친 소리에 아이들은 풀이 죽었다.

"내 이럴 줄 알았어. 우릴 쉽게 보낼 리 없지."

"우릴 죽일 생각인가." 성민이가 나지막이 속삭였다.

동여맨 넝쿨이 풀리자마자 그 순간 덜컹하더니 같은 방향의 한쪽이 풀어졌다. 네 명 동시에 미끄러져서 수레의 가장자리를 꽉 부여잡고 악을 내지르며 죽기 살기로 매달렸다. 나무 상자 안의 터지고 뭉개진 과일과 이리저리 부러진 나뭇가지와 진흙들이 땅으로 후두둑 떨어졌다. 곧이어 흥분의 도가니로 섞인 피펫들과 코멘델의 소리가 들렸다. 쥐 리크가 자신들의 종족들이 좋아하는 모습을 보며 흐뭇해하자 민기가 다급히 소리쳤다.

"죄송해요! 죄송해요! 쥐 리크!"

그때였다. 멘투라 안에서 피펫의 찢어지는 울음소리가 들렸다. 위험을 알리는 소리와 비슷해 단번에 모두의 이목이 집중되었다. 기둥 아래 그들의 서식지 입구에서부터 피펫 한 마리가 정신없이 달려오고 있었다. 아주 급한 일인지 사이를 비집고 지나와 기둥을 빠르게 올라탔다. 쥐 리크가 큰 몸뚱아리를 돌려 밧줄에 매달렸다. 올라오던 피펫은 눈앞의 쥐 리크와 눈이 마주치는 순간 몸을 바짝 움츠렸다. 쥐 리크는 가만히 피펫을 응시했다. 피펫은 불안하다 못해 초조한 표정으로 수레에서 자신을 쳐다보는 아이들을 흘깃 보았다. 쥐 리크는 그 피펫이 무어라 하자 새하얗게 질린 얼굴로 아이들을 뒤돌아보았다.

"부족이 있다고?"

쥐 리크는 중얼거리며 한 사람을 뚫어지게 쳐다보았고, 처음으로 그의 눈빛에선 두려움이 느껴졌다. 그러다 갑자기 각기 기둥에 넝쿨을 풀고 있는 피펫들에게 고함을 질렀다. 까무러치게 놀란 피펫들이 떨어지는 넝쿨들을 죽기 살기로 도로 잡고 있었다. 무슨 일이었을까. 기울었던 나무 상자가 원래대로 돌아왔다.

"뭐야. 갑자기 무슨 일이지?" 승호가 자리에 풀썩 주저앉아 흠뻑 흘린 땀을 닦아 냈다.

"부족이 있대. 돈트들 말이 사실이었어." 민기가 지친 성민이를 가리켰다.

… Part 5

헤도스의 오두막

아이들은 괴로웠던 멘투라에서 벗어나 어디론가 다시 이동했다. 수레를 진 피펫들은 아까와 달리 아이들을 험하게 다루지 않았다. 몇몇 피펫들은 걸림돌인 나뭇가지를 잘라 내기도 했다. 쩌적 하며 갈라지는 소리가 가끔가다 들릴 뿐 아까처럼 우끼끼 소리를 내거나 해를 가하거나 방해하지 않았다. 어느 바닥 지점에 조심히 내려놓더니 각 기둥 위로 쏜살같이 사라졌다. 해방된 듯했지만 그 모습을 보고 있자니 어딘가 찜찜했다. 주위가 오싹한 데다 얽히고설킨 수풀들이 주위에 가득했다. 걱정이 앞섰다.

"너한테서 뭘 보고 그러는 거지?" 민기가 성민이를 보고 말하자 성민이가 고개를 파묻으며 말했다.

"우리 아니야?"

"아니야. 쥐 리크가 널 보고 그랬어. 돈트들도 분명 그랬다고. 물약 만졌을 때 빛이 났잖아."

"물약에서 빛이 난 건 다들 그랬어."

"모를 일이지. 네가 있어서 그런 걸 수도 있고."

"난 태생적으로 엄마 밑에서 태어났는데?"

"몰라. 어찌 됐든 이제 아무것도 생각하고 싶지 않아. 팔도 저리고 너무 피곤해." 승호가 머리를 수레에 기대며 말했다.

"일단 두 명씩 교대로 망 좀 보고 날이 밝아지면 주변을 확인해 보자."

민호가 말했다.
 네 명 모두 온몸이 얼어붙었다. 이리마로 인해 밝아진 청각 때문에 누군가 풀잎 사이를 헤치며 가까이 다가오는 소리가 들렸다. 수풀이 사방을 가렸으니 목소리의 근원지를 찾아 빠르게 두리번거렸다. 그들은 사면으로 둘러서 경계 태세를 갖추었다.
 "누…누구야! 더 이상 가까이 오지 마!" 민기가 말을 버벅거리며 소리쳤다.
 "여기 있구나!"
 한쪽 수풀에서 남자아이가 등불을 들고서 나타났다. 마르고 키가 작아 기껏해야 저학년쯤 되어 보였지만 나이와 어울리지 않는 우스꽝스러운 옷이었다. 마른 몸은 입고 있던 펑퍼짐한 흰색 블라우스로 커버했고 큰 단추가 달린 화려한 금색 조끼를 입었다. 바지는 무릎을 가리지 않은 면바지였다. 그 외에는 이상한 점이 보이지 않아 모두들 안도의 한숨을 내쉬었다.
 "엄청 귀엽다." 민호가 웃으며 말했다.
 "넌 뭐야?" 승호가 물었다.
 남자아이는 등불을 들고 아이들 쪽으로 다가왔다. 하얀 피부 위에 주근깨가 얼굴을 덮고 있었다.
 "반가워. 난, 몰리. 어휴. 다들 꼴이 말도 아니네. 설명할 시간 없으니까 일단 따라와. 성격이 급하신 분이라 지금 아니면 뭐라 할 거야. 게다가 난 갈 길이 바쁘거든."
 "누가 성격이 급하다는 건데?" 성민이가 물었다.
 "헤도스 스승님."
 "헤도스?"
 네 명 모두 호기심과 경계의 눈빛으로 몰리를 쳐다보았다.

"아차. 너희들이 누군지 잊었네." 몰리가 혼잣말로 중얼거렸다. 이 아이는 또 누굴까.

"우리가 널 뭘 믿고 따라가. 이제 가까스로 벗어났는데." 승호가 의심쩍은 표정으로 물었다. 아무리 봐도 그 아이가 수상쩍었다. 어디서 오는 길일까.

"설마 너희 그 상황에서 운 좋게 벗어났다고 생각하는 거야? 전부 헤도스 스승님 덕분이야. 가서 감사하다고 말씀드려야지. 예의를 모르는구나?"

몰리가 다그치듯이 말하자 아이들은 어린아이가 혼내는 모습에 우습기도 하고 약간 화도 나기도 했다. 몰리는 주머니 속에서 꼬깃꼬깃 접어둔 양피지 조각 하나를 확인하더니 호들갑을 떨었다.

"세상에! 빨리 가야 해. 내 어깨에 손 올리고 한 줄씩 따라와. 조금만 가면 오두막이 있어."

몰리가 긴 수풀 속으로 들어갔다. 네 명 모두 멀뚱히 서 있었다.

"뭐야. 쟤." 민기가 잔뜩 경계했다.

"누구길래, 쥐 리크가 바로 놓아준 거지? 요정인가? 마법사?" 승호가 의문을 품자 성민이가 대답했다.

"뭔가 알고 구해준 거 아닌가?"

"속임수면?" 민기가 또다시 걱정거리를 안겨 주었다.

"아 몰라— 근데 우리 이제 갈 곳도 없잖아. 샤워 싹 하고 쉬고 싶어." 승호가 더러워진 교복을 보며 말했다.

"것도 그래. 손전등도 없고 여기 있다간 또 뭐라도 나타나면 어떻게 해? 그땐 견딜 체력이 없을 거 같아." 성민이가 동의했다.

"그냥 내가 먼저 들어가 봐?" 평소 궁금한 건 못 참는 성격인 민호가 나무 수레 아래로 내려오던 찰나 몰리가 랜턴을 들고 불쑥 나왔다.

"너흰 참 의심도 많다! 언제까지 있을 생각이야? 꾸물거리지 말고 바짝 따라 와! 여긴 등불 없으면 아무것도 안 보여! 뭐라도 밟았다간 너희가 과일인 줄 알고 잡아먹힌다고!"

그 말에 아이들은 하나둘 땅으로 내려왔다. 앞장서 간 민호가 기다란 수풀을 걷자 몰리가 등 돌려 서 있었다.

"이미 늦었단 말이야. 어깨에 손 올려. 내가 멈추면 거기서부턴 굳이 손 안 올려도 돼."

얼마 안 돼서 몰리가 걸음을 멈추었다. 믿겨지지 않았다. 정말 몰리 말대로 가슴 아래까지 오는 울타리가 있었다.

"세상에. 왜 여기에 오두막집이 있는 거지?"

"없을 건 뭐야? 들어가면 더 놀랄걸?" 몰리가 마지막 말을 강조하며 울타리 문을 열었다.

캄캄하고 좁은 오솔길을 지나자 석상이 보였다. 석상 뒤에는 자그마한 연못이 나타났다. 어둠 속에선 빛 여러 개가 돌아다녔다. 물속에 빛이 나는 물고기가 있는 걸까. 저 앞에는 서쪽을 향해 있는 오두막집이 보였다. 동그란 창문에선 재잘거리는 말소리와 정갈한 웃음소리가 이따금씩 들려왔다. 굴뚝에서 연기가 모락모락 나고 있었다. 하지만 그 외에 보이는 다른 곳은 빛이 없어 으슥할 지경이다. 아무리 생각해 봐도 이곳에 오두막이 있다는 건 이상했다. 민호가 한 발짝 뒤로 물러섰다.

"몰리. 널 못 믿는 건 아닌데 우리끼리 얘기 좀 하고 들어갈게."

"뭐. 그래! 여기서 그 꼴로 있든지. 마음대로 하라고! 더 늦기 전에 빨리 생각해!"

몰리가 등불을 넘겨주고 오두막 입구로 뛰어갔다. 잠깐 열린 문틈 사이로 시끌벅적한 소리가 들렸다. 승호가 눈썹을 치켜세웠다.

"내 생각엔 이건 함정이야." 민기가 콧대를 쓸어 올리며 말했다.

"책 읽다 보면 꼭 잘 나가던 중간에 그런 함정들이 나온다고."

"보통 그 부분부터 재밌어지지 않아?" 성민이가 물었다.

"응. 없어서는 안 될 부분이긴 하지. 아니, 그게 무슨 소리야."

"그래도 도움 줄지 누가 알겠어. 스승님이 있다면 저 안에는 적어도 두 명 이상이 있다는 거 아냐?" 성민이의 의도를 알 수 없어 승호가 물었다.

"뭐 어떡하라는 거야?"

"가면 도움을 줄 사람이은 한 명이라도 된다 이거지." 대신 민호가 대답했다.

"나도 여기서 이럴 바엔 차라리 들어가서 씻고 싶어."

조금이라도 밝을 때 왔다면 잠깐 쉬고 가기에 최적의 장소일 것이다.

"요정일 거야. 둔갑한 요정." 민기는 친구들이 저 안을 들어가자고 할까 봐 걱정이 많았다.

"그냥 가던 길로 가자. 굳이 옆으로 샐 필요 없다고."

다들 그것도 맞는 말이라며 고개를 끄덕였다. 오두막집이 다시 열렸다. 몰리가 성큼성큼 다가와 아이들한테 따지듯 말했다.

"대체 뭐가 문제인 거야? 깨끗한 옷으로 갈아입고 편히 쉬고 가는 게 고민거리야? 아니면 너무 친절한 도움 때문인 건가? 너희 세계는 참 힘들겠어!" 몰리가 얼굴을 들이밀었다. 손에 한가득 천을 쥐고 있었다.

"그건 뭐야?" 민호가 물었다.

"난 어두워지기 전에 배달을 가야 해. 등불은 그리 오래가지 않아."

몰리가 입김으로 훅 불어 등불을 꺼버리곤 흥얼거리며 울타리 바깥으로 나가 버렸다. 이제 빼도 박도 못 하는 상황이 되었다. 아무리 생각해도 들어가는 수밖에 없었다.

"뭐야, 쟨 너무 뻔뻔해서 어이가 없어." 승호가 말했다.

"일단 오두막 주변 좀 한번 살펴보자."

민호가 오두막 쪽으로 다가가자 아이들은 뒤를 따랐다. 작은 텃밭을 발견했다. 쓰디쓴 고구마, 못 먹는 감자, 향신료 깻잎, 달달한 상추를 포함해 여러 식물들이 나뉘어 적혀 있었다. 열린 창문 틈 사이로 맛있는 냄새가 났다. 배 속이 꼬르륵거리며 요동쳤다. 저 안은 지쳐 있는 아이들에겐 너무나 안락한 공간이었다. 들어가서 쉬고 싶은 마음을 억누르기 힘들었다.

"일단 들어가 볼까? 우리한테 도움을 줄 사람이 있을지도 모르지. 없으면 잠이라도 조금 자자." 민호가 오두막 입구 계단을 오르며 말했다.

"아 가기 싫은데…."

"별로면 바로 나오면 돼." 성민이가 민기를 달래며 등을 떠밀었다.

*

문을 열자 거북한 약초 냄새가 났고 먼지가 수북한 칙칙한 거실이 보였다. 마지막으로 들어온 승호가 문을 열고 도로 나가려는데 잠겨 있었다.

"또 당했어!"

성민이가 주머니 속에서 구슬을 꺼내 들었다. 후후 불자 구슬이 희미하게 밝아졌다.

"여기 먼지가 너무 많아." 민기가 재채기를 하며 코를 비볐다.

뭔가에 이끌린 것마냥 돌출된 부엌을 따라 안으로 더 들어가 보았다. 벽난로 앞 바닥에 낡아서 색이 빠진 붉은 러그가 깔려 있었다. 피워진 모닥불 위에는 검은 항아리가 부글부글 끓고 있었다. 숨을 깊이 들이마시자 코를 찔렀다. 들어오자마자 맡은 냄새였다. 향이 굉장히 진했다. 안으로 조금 더 들어가기도 전에 성민이가 미처 보지 못한 문턱에 걸려 넘어졌다. 쿵 소리가 나는 바람에 모두 화들짝 놀랐다.

"이리 와 봐." 성민이가 성큼 그 위로 올라섰다.

검은 천으로 덮어 둔 수많은 이동식 행거가 있었다. 불빛 없이 차단된 상태라 캄캄한 탓에 보이지 않았다.

"여긴 뭐야?"

민호가 행거 위에 덮인 검은 천을 걷어 올리려는데 어디선가 기침 소리가 들렸다. 모두 깜짝 놀랐다. 아주 가까이에서 들렸기 때문이다.

"저 뒤에 뭔가 있는 거 같은데?" 성민이가 구슬을 들고 안쪽을 비추자 그림자가 스스슥 지나갔다. 누군가 모습을 감추고 있었다. 승호가 발견하고 소리쳤다.

"저기다!"

"얘들아. 부탁이다. 빛은 꺼주렴. 작은 빛에도 옷감은 금방 숨이 죽는단다."

어떤 노인의 목소리가 들렸다. 성민이가 손을 내리자 민호가 조심스레 말했다.

"헤도스 스승님이시죠? 구해 주셔서 감사합니다."

"냄새가 고약해. 옷감이 굉장히 안 좋군…. 한철 지나면 입지 못할 옷이야. 붉은 러그보다 못하군." 노인은 중얼거리며 혀를 끌끌 찼다.

"그런데 왜 숨어서 얘기하시는 거예요?"

노인은 대답이 없었다. 이상한 낌새를 느낀 승호가 옷걸이 행거를 한쪽

옆으로 밀어 보았다. 꿈쩍도 안 했다. 행거에 옷이 한 가득이었던 것이다. 민기는 캄캄한 어둠 속을 집중하며 응시했다. 수많은 행거들 뒤로 벗겨진 정수리가 보였다. 차츰 윤곽이 드러났다. 벽면 앞으로 거대한 형체가 보였다. 민기는 자신의 능력에 놀라며 조금 더 집중해 보았다. 거대한 형체는 커다란 재봉틀이었다. 재봉틀 옆에는 정돈되지 않은 실밥들이 흩날리고 있었고 바늘겨레를 대신한 반원형 고무에는 10개의 바늘이 이리저리 꽂혀 있었다. 탁자 모퉁이에는 꽤 두꺼운 책 하나가 펼쳐져 있었다. 안쪽으로 들어갈수록 더 넓어지는 공간임을 알아차렸다. 눈을 끔뻑거리자 다시 눈앞의 행거들만 보였다. 눈치챈 성민이를 향해 민기가 입모양으로 말했다.

'저기 있어.'

"몰리는 어디 간 거죠?" 민호가 물었다.

"배달! 만들어 내는 즉시 배달을 갔어야 했는데 아니 글쎄, 그 녀석이 내 옷감을 전부 망쳐 놨어! 너희가 내 오두막을 의심했다던데!" 헤도스가 버럭 화를 냈다.

"아, 죄송합니다. 의심할 수밖에 없었어요. 상황이 좀 그랬었거든요…." 민호가 말하는 도중 승호가 물었다.

"옷감이요?"

"그래, 몰리는 나를 따르는 제자란다."

"그럼 이 옷들을 전부 다 만드신 거예요?"

"물론이지. 전부 내가 만든 거란다."

"그럼 실례지만 얼굴 좀 보여 주세요. 저희도 그러고 싶지 않지만 누굴 쉽게 신뢰할 수가 없어서요." 민호가 한 발자국 나서서 말하자 민기가 기다렸다는 듯이 말했다.

"행거 뒤에 숨어 계신 거 보여요."

"뭐? 내가 보인단 말이야? 오호, 이런 내 정신 좀 보게! 허허. 그랬지. 대화는 얼굴을 보고 하는 거였지? 내가 대화를 해본 지가 꽤 오래돼서 말이야."

그가 또다시 혼자서 중얼거렸다. 아이들은 서로 눈빛을 교환했다. 어딘가 그의 행동은 수상했다.

"우리의 영웅들!" 벽난로 앞으로 헤도스가 폴짝 뛰어내렸다.

백발의 노인이 어색하게 인사를 했다. 턱부터 구레나룻까지 흰 수염이 빙 둘러 있었고 코가 굉장히 컸다. 정돈되지 않은 눈썹과 살에 덮여 작아진 눈, 깊게 자리 잡힌 주름들이 그의 나이가 꽤 있을 거란 짐작을 가능케 했다. 허나 그는 큰 단추 다섯 개가 박힌 금색 조끼에 통이 큰 흰색 블라우스를 입고 있었다. 몰리와 비슷하다 못해 거의 같은 옷이었다. 다른 점이라면 조끼 앞주머니에는 금색 테 안경이 꽂혀 있었다.

"반갑구나. 문을 디딜 때부터 느꼈지. 길을 잃은 자가 어떤 목적으로 이 헤도스의 오두막에 들렀는가. 지금 이 부근은 내 심장 가까이 다다른 것과 같아." 헤도스는 자신의 가슴팍에 손을 올렸다.

아이들의 반응이 미덥지 않자 헤도스는 꽤나 놀란 표정이었다.

"오호… 괜찮아. 내 이름을 들어 보지 못한 이들을 보면 아직까지 적응을 못 하겠단 말이야."

헤도스는 말하던 도중 아이들의 차림새를 한번 훑고는 안경을 꼈다.

"오우, 다들 체형이 마른 편인 거니, 아니면 여기 와서 제대로 먹질 못한 거냐? 세상에— 옷들이 정말 가관이로구나. 이 옷들을 대체 얼마나 입을 거지?"

"피펫들이랑 한바탕해서 더러워져서 그래요. 앞으로 2년 반 동안 더 입어야 돼요." 승호가 말하자 그는 놀란 표정을 짓더니 이내 껄껄 웃다가 물었다.

"농담이지?"

"아니요?"

"2년 동안?"

"네." 네 명 모두 고개를 끄덕였다.

"맙소사. 그것 참 심각한 일이로구나. 옷 만드는 것은 말이지. 오븐에서 따끈따끈한 빵을 꺼내는 과정과 같단다. 옷감의 수명은 단 몇 초도 안 돼. 빵이 칼에 잘릴 때 그 안의 푹신한 식감이 공기 중에 흩어지는 거랑 똑같아. 바늘 몇 번 오가는 순간에도 본래의 재질이 없어지는 거야. 깐깐한 고객들 중에선 옆에서 기다렸다가 잠깐 입고 벗은 이들도 있다고."

"우와. 그럼 옷 만드는 일을 하시는 거예요?"

승호가 묻자 헤도스가 알 수 없는 미소를 지었다. 잠시 과거를 회상하는지 눈의 초점이 흐려져 있었다.

"한때는 너무 바빠 쉴 날도 없었어. 이럴 때가 아니지. 빨리 이곳을 보여 줘야겠구나!"

헤도스는 벽난로 쪽으로 가더니 스위치를 올렸다. 그러자 문턱 위로 천장에 아른거리는 불빛이 들어왔다.

"이리로 와 봐!"

헤도스가 앞길을 막는 몇몇 행거를 양옆으로 밀치자 행거는 언제 그랬냐는 듯 가볍게 밀렸다.

"꼬질꼬질한 너희들을 보니 투철한 장인 정신이 돌아오는구만! 아주 고마운 녀석들!" 그는 뒤따라 온 민호의 옷을 킁킁 맡더니 이어서 말했다.

"음. 아주 썩은 냄새가 나는군. 얼룩진 옷을 가려줄 수 있는 옷감을 만들어 볼까나… 그렇다면… 살랑이 풀과 녹색 즙이 필요하고 요정들의 꽃가루가 한 줌 정도 필요하겠고… 인어의 비늘도 필요하고."

신이 난 헤도스는 자신의 탁자 앞에서 공책에 무언가를 적기 바빴다. 그동안 아이들은 줄지어진 행거를 구경했다. 수많은 옷들이 검은 천에 가려져 있었다.

"이 많은 옷들이 어디로 가는 거예요?" 민기가 물었다.

"미지의 섬들로 이동한단다. 종족들의 옷들은 전부 내가 담당하고 있지! 자! 이건 내 보물들이야. 가까이 와보렴."

아이들이 주춤거리며 다가오자 헤도스는 재봉틀 뒤에 벽면을 전부 차지한 선반을 보여 주었다. 성민이가 놀라 입이 떡 벌어졌다. 벽면 전체에 보틀이 빼곡하게 나열되어 있었다. 아치형 형태인 천장 가까이 닿을 정도였다. 각기 이름표가 붙어 있었고 말리거나 볶거나 팔팔 끓인 식물과 여러 동물의 털들이 담겨 있었다.

"얼핏 과학실 같기도 하고…." 성민이가 선반을 흘깃 보더니 나지막이 중얼거렸다.

헤도스는 잔뜩 신이 났는지 옷감을 만드는 재료로 어떠한 옷을 만드는지 설명했다. 나무처럼 빳빳하게 생긴 것, 비늘 안에 물이 담긴 것, 인어와 물고기 그림이 그려져 있거나 날카로운 식물에 긁혀도 탄력성으로 다시 돌아오는 옷, 줄기를 꼬아 엮어 만든 옷 등등 다양했다.

"간혹 종족들마다 따로 세부적인 사항들을 부탁하는데 다른 외부로 유출되지 않아야 하는 기밀 사항을 꼭 첨부한단다. 받자마자 태워야 하는 아주 까탈스럽고 비밀스러운 작업이야. 그래서 배달하는 제자들이 역할을 잘 해내야 하지. 옷을 만든다는 건 참 고된 작업이지만 내가 사랑하는 일이지. 그러고 보니 너희들은 왜 다들 똑같은 옷을 입은 거지? 어울리는 옷들이 없나?"

"아직 학생이에요."

"학생? 그게 뭐지?"

"학교에서 공부해요." 민기가 빠르게 대답했다.

"공부?" 그가 안경을 내리고 물었다.

"네. 음. 각 분야마다 선생님이 계시는데 저희를 가르쳐 줘요." 민기는 헤도스가 이해할 수 있게끔 즉각즉각 말했다.

"아. 그 세계에선 대단한 사람들인가 보군? 그럼 왜 너흴 구하러 안 오는 거지?"

민기는 바로 답하지 못하고 잠시 고민에 잠겼다.

"얘들아. 지금 너희를 구한 건 나, 헤도스란다. 여기선 내가 너희 선생님이야. 내가 만들어준 옷을 입게 되면 모두들 날 다시 기억하겠지. 너흰 한 시대의 영웅이 될 테니까. 지금은 아니더라도 언젠가 유명해질 거다!"

그 말에 아이들은 떨떠름한 반응을 보였다. 그의 속셈이 너무나 뻔해 보였기 때문이다.

"괜찮아요. 저흰 이 옷도 충분히 좋아요. 이제 저흰 가볼 게요." 민호가 정중히 인사했다.

"그래. 잘들… 뭐라고!? 벌써?"

"호의는 감사합니다만 이제 가야 해서요." 성민이가 말했다.

"나가겠다고? 내가 잘못 들은 거지?" 헤도스는 실망한 표정을 지었다. 이내 주위를 두리번거리더니 속삭였다.

"몰라도 너무 모르고 있구나. 너희들이 오고 난 후 이틀 만에 어둠이 찾아왔어. 레파테 셀바에서 어둠은 몸을 숨기라는 신호야."

"시간이 마음대로 바뀌나요?" 민기가 물었다.

"섬의 기분에 따라서야. 이곳에선 낮과 밤에 연연하지 않아. 찾아오는 대로 그날의 하루를 보내거든. 밝으면 밝은 대로 할 수 있는 일을 하고 밤이 찾아오면 등불을 켜고 지내지. 하지만 렘의 날 이후로 레파테 셀바에 사는 생명체들이 밤이 되면 신경이 날카로워졌단다. 너희들도 알다시피 시간이 규칙적이지 않아. 이곳에 왔으니 여기 시간에 맞추렴. 그렇다고 자칫 꿈속을 걷고 있다고 생각해선 안 돼. 길을 잘못 들었다가 이 근방 요정들한테 걸리면 끝이야!"

마지막 말에 침묵이 흘렀다.

"아. 그 요정을 모를 테지?" 헤도스가 말하자 성민이가 고개를 끄덕였다.

"흠…. 걱정이 되는구나. 너희들이 아무것도 모르고 있어. 아니 이럴 때가 아니지. 여기 탁자에 앉아 봐라. 내가 금방 가지고 들어올 테니까."

무슨 일인지 헤도스는 허둥지둥 아이들의 사이를 비집고 오두막 밖으로 나가 버렸다.

"진짜 이상한 아저씨야. 도움받는 것도 왠지 꺼림칙해. 빨리 나갈까 봐." 승호가 말했다.

"맞아. 그런 것 같아." 성민이가 이에 동의하며 문고리를 잡고 돌렸으나 문은 잠겨 있었다.

"우린 감금당한 거야." 민기가 겁에 질려 말했다.

민호가 거실을 두리번거렸다. 부엌 앞에 놓인 탁자 위엔 찻숟가락 다섯 개가 놓여 있었고 조그만 그릇 안에 각설탕이 가득 담겨 있었다. 모두들 뭐라도 찾기 위해 동참했다. 그때 흥얼거리는 소리가 들렸다. 민기가 창문 밖을 확인했다.

"얘들아, 저것 봐. 뭘 가지고 오는데?"

헤도스는 금방 돌아왔다. 어디서 구한 건지 과일이 가득 담긴 바구니를 들고 있었다. 그는 오던 길을 돌아 연못 앞에서 과일 바구니를 살포시 내려놓았다. 내려놓기가 무섭게 연못 속에서 불빛이 나오더니 과일 가까이에서 맴돌았다.

"뭐 하는 거지?" 성민이가 말했다.

"야. 저것도 뭔지 봐봐." 승호가 민기를 향해 말했다.

"싫어. 내가 왜. 이상한 거면 어쩌게."

"빨리!" 승호가 소리치자 민기가 궁시렁거리며 뚫어지게 바라보았다. 과연 보일까 하는 마음도 있었지만 민기는 두려움에 보기 싫었다.

"안 보여. 뭔가 저 아저씨 수상해."

"이럴 때가 아니야. 우리도 계획을 세워 보자. 당하고만 있을 순 없지." 민호의 말에 모두들 고개를 끄덕였다.

*

어쩌다 보니 모두 둥그스름한 타원형 식탁으로 모여 있었다. 헤도스는 매우 흐뭇한 표정으로 텃밭에서 키운 채소로 만든 샐러드, 굉장히 퍽퍽해 보이는 바게트와 색색의 토마토, 작고 검은 점들이 박힌 바나나, 싱싱한 딸기 그리고 겉 표면이 거칠지 않고 다듬어진 갈색 파인애플을 준비했다. 다들 아무것도 먹질 못해 아주 배고픈 상태였다.

"어서들 먹어. 아주 맛있을 거다."

그가 딸기를 한 입 베어 물고선 고개를 살짝 끄덕이자 다들 조심스레 한 입 물었다. 민기는 먹는 동안 혓바닥을 살짝 대었다 뗐고 승호는 경계하는 눈빛으로 헤도스를 힐끔힐끔 쳐다보았다. 민호가 바게트 빵 위에 잼을 바르려 하자 그가 들뜬 목소리로 말했다.

"오오, 그건 내가 직접 만든 잼이야. 자스민이랑 블루베리 그리고 직접 재배한 꿀과 쓴맛이 나는 뿌리를 쓰면 되지. 일명 자스베리 잼이야! 잘 음미해 보렴. 내가 여기서 꿀을 가져가려고 얼마나 고생했는지 몰라. 그 꿀이 정말 일품이거든. 며칠 동안 입술이랑 손가락이 부어서 숨을 못 쉴 지경이었어. 아! 재밌는 이야기 하나 해줄까?" 그가 성민이를 향해 물었기에 성민이는 어색하게 고개를 끄덕였다.

"이를테면 잼으로도 훌륭한 옷을 만들 수 있단다. 대신 옷감이 강력해야 하지. 기후가 달라지면 위험하거든. 간혹 잼이 녹아내릴 경우에 순식간에 벌거벗은 몸이 되고 말 테야. 갖고 싶으냐?"

헤도스는 입 안의 내용물이 보일 만큼 껄껄 웃었다. 그 모습에 성민이와 민호, 민기가 피식 웃자 승호가 마음에 들지 않는다는 표정으로 친구들을 쳐다보았다. 헤도스는 이내 부엌에서 뭔가를 찾더니 기다란 병 하나를 가져왔다.

"이게 뭐예요?" 민호가 물었다.

"포도주. 아주 부드럽고 맛있는 술이지."

"아니요. 술은 안 돼요." 민기가 단번에 거절했다.

"아니, 왜?" 헤도스가 실망한 듯이 묻자 성민이가 대답했다.

"아직 학생이라서요."

"학생이 뭐길래. 뭐 이리 다 안 되는 거야? 그리 **빡빡한** 일이던가?"

"뭐. 그렇죠. 안 되는 일이 많아요. 바르고 또 정직해야죠." 민기가 대답하자 헤도스가 갑자기 책상을 내리쳤다.

"이봐! 여긴 아스테리아야. 이곳에선 너희가 학생이라도 아무도 모른다 이거지. 안 될 것 뭐 있나. 이건 건강에 좋은 술이야. 술은 기분을 좋게 만들어 주지. 고통을 잠시 잊게 해준다고."

"그래도 안 돼요. 학생한테는 강요도 해선 안 된다고요."

민기가 확실하게 거절했다. 그러자 민호가 불쑥 나섰다.

"딱 한 잔은 먹어 보죠. 이렇게 친절하게 대해 주시는데 한번 먹어 보자! 여기서 누가 뭐라 하겠어?"

민호의 행동에 나머지는 어쩔 수 없이 각자 한 잔씩 받아들었다. 성민이는 맛이 좋다며 옅은 미소를 지었다. 승호는 평소 술에 대해 궁금했는지 홀짝 마셔 보았다. 꽤 괜찮은 향과 맛에 그대로 들이켰다. 그 모습에 헤도스는 기분이 좋은 듯했다.

"거봐, 괜찮지?"

"향이 좋네요, 맛도 나쁘진 않아요." 승호가 대답하자 헤도스는 그 말에 굉장히 좋아했다. 그는 두 번째 잔을 따라 주며 말했다.

"인정해 주니 기분이 너무 좋구나. 그럼 나에 대한 의심이 좀 풀어졌나 그래? 그럼 탁자 아래에 둔 것들을 정리해도 되겠지?"

그 말에 민기가 급격히 사레에 걸려 켁켁 기침을 했다. 헤도스는 고개를 숙이는 척하더니 식탁보 아래를 홱 들췄다. 식탁보 아래에는 단단한 노끈과 냄비가 있었다.

"죄송해요. 저흰 혹시나 해서…."

"괜찮아. 이미 알고 있었으니까. 난 오랜 세월 동안 수천 벌의 옷을 만들었단다. 그래서 외우지 않아도 내 보물창고에 저장된 보틀이 총 몇 개인지 알 수 있지. 그뿐이겠니? 검은 항아리에 뭔가를 몰래 넣어 혼합되어 버린 작은 냄새까지 눈치챌 수 있단다. 지금 공기 중에 떠다니는 미세한 입자들까지도 줄줄이 읊어댈 수 있단 말이야." 헤도스는 허공에 두 손을 오므리며 말했다.

"그렇기 때문에 바늘겨레에 꽂힌 바늘 하나가 빠진 것쯤이야 금방 알지. 항상 내가 놓는 자리에 놓기 때문이란다. 비록 날 의심했더라도 상관없어. 뭐 그럴 수 있다 생각한다. 이 자비로운 헤도스가 이해하지. 아무렴. 그렇지."

이후 식사 시간은 화기애애해졌다. 헤도스의 말투나 제스처, 행동 따위에서 그가 무슨 생각을 하고 있는지 정체가 무엇인지 알 수 없었으나 확실히 악의는 없어 보였다. 그를 향한 경계심은 점차 누그러졌다. 그리 나쁜 이는 아닐 거라 생각한 것이다. 게다가 맛있는 음식이 들어갈수록 포만감을 느끼며 기분도 차차 나아졌다. 들이켠 포도주가 온몸을 나른하게 만들기도 했기에 그 공간이 아늑하게 느껴졌다. 신이 난 헤도스가 어깨를 들썩이며 흥얼거리자 성민이가 물었다.

"무슨 노래예요? 어디서 들어본 것 같기도 하고." 그러자 헤도스는 놀란 표정을 짓더니 말했다.

"음악이 있는 곳엔 언제나 영혼이 존재한단다."

"아. 헤도스. 페어리 요정은 어때요?" 때마침 민호가 묻자 다들 잠깐 행복에 겨워 가장 중요한 질문을 놓쳤다는 걸 알았다.

"아. 그렇지. 그 이야기를 하려 했던 참이었지? 내가 여기서 숨어 살고 있긴 한데."

"숨어 사나요?" 민기가 물었다. 그러자 헤도스는 애써 당황한 표정을 숨기며 다시 말했다.

"아… 아니. 여기서 살고 있으면서 극심히 조심하는 이유가 그 요정들 때문이거든. 그러고 보니 페어리 요정은 왜 궁금한 거야?"

"저희가 그 요정들을 찾아야 해서요." 승호가 고개를 들고 말했다.

"그 요정들 때문에 버린 옷들이 한두 가지가 아니란다. 몇몇 제자들도 못 돌아오고 있지."

"왜요? 무슨 짓을 한 거예요?"

"무슨 짓을 한 건 없어. 모두들 찬사를 늘어놓기 일쑤란다. 그 요정들은 위험을 느끼면 노래를 부르는데 너무 황홀한 나머지 듣다 보면 본인도 모르게 홀려 있거든. 그러다 길을 잃는 거야. 몰리는 그 짓을 몇 번이나 반복했지."

"어쩐지. 아까 저희 보고 빨리 들어가라 했어요." 성민이가 말했다.

"그래. 몰리는 그 요정들을 좋아하기도 하고 한편으로는 무서워하지. 가끔 지나가다 몰래 듣기도 하는데 그럴 땐 배달을 다음 날로 미루지. 몰리라면 충분히 이해할 수 있어."

"그런데 왜 나머지는 못 돌아왔어요?" 성민이가 물었다.

"어디로 간지 모르니까."

헤도스는 슬픈 표정으로 자리에 일어났다. 주방 쪽으로 걸어가 선반을 뒤적거리며 눈물을 잠시 훔치는 듯했다. 그는 테이블로 청이나 과일을 가져왔다. 그의 연민 어린 모습에 민기는 옆집 할아버지와 대화하는 기분으로 이야기할 수 있었다. 한동안 수다를 떨며 음식을 원 없이 먹다 보니 졸음이 쏟아졌다. 헤도스는 그런 아이들을 데리고 연못 쪽으로 데리고 갔다.

Part 5 헤도스의 오두막 79

"진짜 믿어도 될 사람이겠지?" 성민이가 승호를 잡아끌고 속삭여 물었다.

"저렇게 잘해 주시는데, 괜찮은 사람 같지 않아?"

"그 세계 사람들은 참 의심이 많구나." 몰래 들은 헤도스는 나란히 걷고 있는 민호한테 말했다.

"그냥 겁이 많은 거예요." 민호가 미소를 보이자 민기가 물었다.

"이 불빛은 뭔가요?"

"요정들의 눈이란다."

"네!?" 뒤따라오던 승호와 성민이가 놀라 소리쳤다.

"어둠 속에선 보이지 않아. 안개에 가려져 잠시 안 보이는 경우도 있지. 아침이면 까무러치게 놀라겠구나. 그때도 안 보인다면 믿지 않아서 그럴 수도 있고."

헤도스는 잠시 허공에 떠도는 불빛을 향해 작게 속삭였다.

"영웅들이 왔어. 것도 네 명씩이나."

헤도스의 말에 불빛이 빠르게 한 줄이 되었다. 그러고 나선 고개를 몇 번 끄덕이더니 기뻐 소리쳤다.

"아주 반가운 소식이야! 씻을 물을 준다는구나! 요정들이 있는 물은 치유의 물이란다."

"감사합니다. 이런 호의를 주셔서 정말 감사드려요."

각자 연못 뒤에 있는 움푹 내려앉은 돌바닥 안에 번갈아 들어가서 개운하게 씻었다. 교복은 샘물 근처에 물을 받아 전부 담가 두었고 성민이는 씻기 전 핸드폰과 진주, 유리병을 헤도스에게 맡겼다. 헤도스는 진주를 들고서 빤히 쳐다보며 물었다.

"이 귀한 걸 어떻게 구했지?"

"선물 받았어요."

"아주 멋진 선물이구나. 이 진주가 필요 없으면 나한테 주지 않으련?" 헤도스가 간절하게 부탁했지만 성민이가 예의를 차리며 기분 나쁘지 않게 거절했다.

"아니요. 안 돼요. 전해 드릴 사람이 있어서요."

헤도스의 온화했던 표정이 싹 굳어졌는데 전혀 다른 사람처럼 낯설고 싸늘해 보였다.

"아. 그래. 어쩔 수 없지."

헤도스는 옆에서 연못 안의 물을 받아 뿌려 주었다. 성민이는 씻는 동안 왠지 모르게 헤도스의 표정이 잊히지 않았고 구슬을 보는 그의 눈빛도 도무지 잊히지 않았다. 성민이는 제일 늦게 연못에서 나와 잠옷으로 갈아입고 오두막으로 들어갔다. 거짓말처럼 온몸의 피로가 눈 녹듯이 사라졌다. 그런데 다들 심각한 표정이었다.

"무슨 일이야?"

"내 귀 좀 봐봐!" 승호의 이리마가 녹아 목 주변이 초록색으로 물들었다.

"어쩐지 계속 물을 뜨겁게 해달라고 했을 때부터 알아봤어." 민호가 고개를 저었다.

그때 들어온 헤도스한테 민호가 자초지종을 설명했다. 헤도스는 이리마가 귀에 꽂혀 있는 줄도 몰랐다며 돈트들이 만든 것들은 그 누구도 따라할 수 없는 범위라고 말했다.

"나로서도 어찌할 수가 없구나."

승호는 걱정이 됐지만 벽난로 앞에 헤도스가 친히 깔아준 옷더미 위에 눕자마자 바로 잠이 들었다. 오랜만에 개운하게 씻었기에 나머지도 그러했다. 하지만 성민이는 헤도스의 굳어졌던 표정이 또다시 떠올랐다. 도무지 머릿속에서 잊히질 않아 뒤척이고 또 뒤척이다 간신히 잠에 들었다.

　　　*

　깊은 잠에서 깨어났을 땐 훤한 대낮이었다. 승호가 제일 먼저 일어났다. 본인이 눕자마자 몇 초도 안 돼서 잠에 들었다는 생각이 스쳐 지나갔다. 하나둘 잠에서 깨어났는데 민호는 개운하게 잘 잤는지 기분이 좋아 보였고, 민기는 벌떡 일어나더니 오두막이라는 것을 확인하고 안심했다. 성민이는 민호가 겨우 깨웠는데 상당히 피곤해 보였다. 모두들 자는 동안 뭔가를 놓치진 않았을까. 얼마만큼 잤는지 가늠하기 어려웠다. 헤도스는 불안한 아이들을 안심시킨 후 깨끗하게 빨고 다린 교복을 각각 전해 주었다.
　"더 있다 가지 그래? 곧 몰리도 올 텐데." 그가 아쉬운 듯이 말했다.
　"더 있고 싶지만 맘 편히 웃고 떠들 순 없을 것 같아요. 그래도 진심으로 감사드립니다. 헤도스 님! 이곳에 들르길 정말 잘한 것 같아요!" 민호가 진심으로 감사를 표했다. 그들이 자신의 오두막 밖으로 나가려고 하자 헤도스는 문득 제안을 했다.
　"아! 얘들아 잠깐만. 페어리 요정 서식지로 간다 했지? 그 요정들이 사는 곳을 인간들이 직접 걸어서 가다가는 중간에 길을 잃을지도 몰라. 차라리 여기 있다가 몰리가 오면 함께 가렴. 그게 더 안전할 거야. 난 이제 어디 좀 나가 봐야 하거든."
　괜찮은 제안이었다. 솔직히 어디로 가든 초행길이었기에 어떤 위험이 도사리고 있을지도 몰랐고 혹시나 길을 잃었다가 또다시 밤이 찾아오면 이도 저도 못 하는 상황이 찾아올지도 몰랐다. 그들은 잠시 머리를 모아 의견을 나누고 민호가 대표로 말했다.

"그래도 될까요? 그럼 좋아요. 기다릴게요."

"그래그래. 나도 꼭 주고 싶은 게 있었지."

헤도스는 부엌에서 선반에 놓인 면포와 작은 절구통을 가져왔다. 면포를 펼쳐 보이자 물에 절여진 초록색 잎사귀들이 수북이 있었다. 그는 작은 절구통에 잎사귀 두 장을 슥슥 갈아 보였다.

"그게 뭐죠?" 성민이가 묻자 그는 잠깐만 기다리라고 하더니 문턱으로 다시 뛰어가선 바늘 하나를 가져왔다.

"손 펴봐. 헤도스의 바늘은 말이다. 찔리면 보통 바늘보다 배로 아파. 가죽처럼 질긴 옷감 때문에 약간의 독도 필요하거든."

헤도스는 잠시 고민하다 성민이 쪽으로 다가와 손을 잡고 말했다.

"좀 아플 거다."

그는 성민이의 손바닥을 가져가 바늘로 콕 찔렀다. 나머지 아이들이 놀라기도 전에 헤도스는 손바닥 위에 간 잎을 살살 문질렀다. 그다음 바짝 마른 옷감으로 닦아 내었다. 상처가 말끔히 아문 것을 보고 아이들의 입이 떡 벌어졌다.

"멘브사, 오로지 레파테 셀바에서만 자라나는 식물이야. 다이나 요정들이 직접 키웠기 때문이지. 그래서 다른 섬들에 사는 종족들이 이 식물의 효과를 용케 알아내고서 탐내기도 한단다. 가끔 옷에 몰래 넣어 달라고 부탁하는 종족들도 있지. 아스테리아에 흔하디흔한 나무 중 하나일 뿐인데 말이야. 팔팔 끓는 물에 멘브사를 넣고 다섯 손가락 셈이 지나지 않을 정도까지 끓이면 뛰어난 치료약이 된다더구나. 대신 요정들의 숨결이 남기

직전까지만이야."

"숨결이 남아 있다는 건 어떻게 알아요?"

"잎사귀 표면이 굉장히 부드럽지. 만져봐. 장시간 동안 두었는데도 물이 마르지 않아. 그래서 마른 면포에 두어야 해. 정말 오랜만에 써보는구나. 효력이 더 뛰어난 걸로 줄게."

헤도스는 집게를 들고서 검은 항아리 안에서 초록색 잎사귀 세 장을 꺼내 들고 면포에 싸서 주었다.

"감사해요. 저희는 드릴 수 있는 게 없는데…."

"뭘 이런 걸로. 어렵지 않은 일이지." 그러다 헤도스는 번뜩 뭔가 생각났는지 이렇게 외쳤다.

"맞다. 또 있단다!"

헤도스는 또다시 재봉틀이 있던 책상으로 향했다. 무엇을 하는지 보기 위해 민기는 두 눈을 가늘게 뜨고 캄캄한 곳을 응시했다. 헤도스는 선반 옆에 보이는 짙은 고동색을 띤 굉장히 오래된 장식장 앞에 멈춰 섰다. 문고리를 자물쇠로 잠가 놓았는지 금방 아차! 소리를 내곤 몸을 휙 돌려 책상 서랍을 뒤적거렸다. 그는 열쇠꾸러미를 찾고선 장식장을 열었다. 상체만 있는 마네킹이 보였다. 그 위에 걸쳐진 구명조끼와 비슷한 낡은 누더기 옷이 마치 귀중한 옷이라도 되는지 아주 조심스레 꺼내서 갖고 왔다.

"이게 뭐예요? 구명조끼예요?" 승호가 달갑지 않은 표정으로 물었다.

"호르만. 아주 귀중한 물건이란다. 보기엔 그래도 다른 옷 수천 벌 갖다 줘도 맞바꿀 수 없는 거야."

"누가 만들었어요?" 민기가 기침하며 물었다. 먼지가 많았는지 손을 휘저었다.

"나도 만드는 데에 참여하긴 했었지."

애매모호한 대답에 승호는 탐탁지 않은 표정으로 옷을 들어 보았다. 흰색이라기보다는 아이보리에 좀 더 가까웠고 커피라도 흘렸는지 얼룩져 있었다. 게다가 벨트 부분은 헤져서 너덜너덜한 상태였다. 아이들이 승호의 반응을 흘깃 보았다. 승호는 평소 더러운 것이라면 딱 질색이었다. 애써 웃는 표정이었다.

"마음에 드니?"

"아… 네…."

"한때는 악한 혼령이나 영혼을 잡을 때 쓰던 부족들의 도구였단다. 작동되는지는 모르겠지만… 유용하게 쓰이길 바란다."

헤도스는 뿌듯한 표정을 보이며 가벼운 포옹과 인사로 오두막을 떠났다.

"와. 진짜 여태까지 중에 제일 좋은 사람일지도 몰라." 민호가 주방을 서성이며 말했다.

"말 나온 김에 입기라도 해보자."

승호는 옷을 내려다보더니 질색하며 민기한테 내밀었다.

"왜? 싫어. 야. 난 이거 죽어도 못 입어. 네가 입어봐."

"아주 귀중한 물건이래잖아."

"귀중하긴. 혼령이나 영혼을 잡을 때 쓰던 부족들 도구라매."

민기와 승호가 고개를 저으며 서로 거절했다. 성민이가 나서서 막상 입어 보니 불쾌한 기분과 역겨운 냄새가 났다.

"오우 냄새."

얼른 벗고 싶어져 마음에 들지 않는다는 표정으로 쳐다보았다. 그 순간 벨트에서 철컥 소리가 났다.

"네가 잠갔어?"

"아니?"

성민이가 벨트를 다시 풀려 하다가 서서히 표정이 굳어졌고 손이 다급해졌다.

"왜 이러지? 안 풀려."

"비켜봐. 내가 해볼게."

승호가 호르만을 벗기려 악을 써보았지만 역부족이었다. 민호가 주방 가위를 가져왔고 민기도 헤도스의 재봉틀 쪽으로 뛰어가서 가위를 가져왔다. 벨트는 절대 잘리지 않았다. 성민이는 무슨 영문인지 몰라 표정이 울상이 되었다.

"뭐야? 내가 악한 혼령이나 영혼이라도 된다는 거야 뭐야?"

"아니야. 몰리가 곧 온다 했잖아. 조금만 더 기다려 보자."

야자실에 적힌 성민이의 흔적을 보고서 행방을 알게 된
혜성이는 친구들을 찾기 위해 노력하지만
혼자선 아무것도 할 수 없다는 것을 느꼈다.
남들에겐 없는 비밀스러운 능력을 가진
승원이가 있어야 가능할 일이라 확신했다.

Part 6

경고

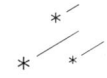

- 그린고등학교 지하실 창고 안 -

미처 저항할 새 없이 창고 안으로 엎어졌다. 혜성이는 자리에서 벌떡 일어나 손전등을 꺼내 들었다. 갑작스레 조명이 밝아진 탓에 눈을 질끈 감았다.

"고생했어. 이제 망 좀 봐봐."

승원이 목소리에 절로 안도의 한숨이 났다.

"야. 넌 내가 힘들게 쫓기는 동안 언제 이리로 온 거야?"

"네 선생님, 아까 말씀드렸던 친구요. 안심하셔도 돼요."

승원이가 탁자 뒤에서 무릎을 꿇고 대화를 나누고 있다.

"누구야?"

혜성이 눈에는 아무것도 보이지 않았지만 가까이 가기엔 발걸음이 떨어지지 않았다.

"경비원 영혼이야."

승원이의 품 안에는 전보다 야위어진 몸으로 간신히 숨 쉬는 경비원 영혼이 있었다. (경비원의 영혼은 여자였다.) 몰골은 남자인 육신과 비슷하게 생겼지만 안쓰럽다 못해 눈 뜨고 보기 힘들 지경이었다. 어깨까지 오는 머리카락은 엉켜 있고 무명천 치마 밑으로 보이는 두 종아리는 살짝 힘만 줘도 으스러질 듯했다.

"지금 이럴 때가 아니야. 학교 안에 사라진 여학생도 있어."

그러자 승원이가 뒤돌아 물었다.

"확실해?"

"나도 몰라. 나한테 왜 나타난 건지도 모르겠는데… 화가 많이 난 상태였어. 친구를 용서하지 않을 거라고 그래서 범인은 따로 있다고 말했어. 알고 있는 모든 상황에 대해서 말했다고."

"그 학생 이름이 뭐였는지 물어봐." 경비원 영혼이 초점이 없는 흐릿한 눈으로 승원이에게 말했다.

"이름은?" 승원이가 물었다.

"슬기랬어."

"맞아. 첫 번째로 사라진 여학생 이름이 슬기였어. 아가, 저 아이한테 능력을 전해 주기라도 한 건가 그래?"

영혼의 질문에 승원이는 머릿속이 복잡해졌다. 혜성이가 진짜 영혼을 보기 시작한 걸까? 정말 자신이 능력을 전달하기라도 했던 건지 알 수 없었다. 혜성이는 승원이가 다른 생각에 잠겨 자신의 얘기를 귀담아듣지 않는다는 것을 알아차렸다. 본인도 다시 생각해 보니 그 일을 이해하기란 어려웠다.

"일단 그 얘긴 나중에 하자. 다른 수상한 점을 발견한 건 없으셨나요?" 승원이는 애써 침착해지기 위해 화제를 돌렸다.

"저 화분을 치워 보면 작은 문이 있을 거야." 그녀가 팔을 힘겹게 뻗어 화분을 가리켰다.

"정확히 언젠지는 기억이 안 나는데 시끄러운 소리에 잠깐 깨어났지. 난 어김없이 몸이 빼앗긴 상태였던지라, 정확히 보이진 않았어. 창고 안에서 급하게 오고가는 신발을 봤거든. 뾰족한 버선코 모양인데… 코에 빛이 나는 작은 진주가 박혀 있었지. 그것들이 문이 부서질 정도로 쾅쾅 두들기더구나. 몇 번인가 그렇게 연달아 두들기더니 저 문으로 잽싸게 들어갔지."

"여기에 뭐가 있는 거야?" 어느새 혜성이가 호기심에 가득 찬 표정으로 대리석 화분을 치우고 물었다.

"몸은 안 보였는데 뾰족한 버선코 신발을 봤대. 빛이 나는 진주가 박혀 있었고."

"뭐?" 혜성이가 기가 막혀 코웃음을 치자 승원이가 살짝 당황했다.

"죄송해요. 비웃는 건 아니었어요."

"괜찮아. 저런 반응이 나올 것 같더구나. 다시 깨어나서 보니 화분은 원상태로 되어 있었어. 확실히 저 안엔 뭔가가 살고 있다는 거야. 어쩌면 우리 영혼들도 보지 못하는 존재 말이야."

승원이는 혜성이를 힐긋 쳐다보았다. 방금 전까지 망을 보고 있던 것도 잊은 채 벽면에서 교묘한 틈이 생긴 구간을 찾다가 아주 작은 구멍을 찾아냈다.

"열쇠는 어디 있는 거지?" 혜성이가 자신을 쳐다본 승원이한테 물었다. 그러자 그녀가 말했다.

"헛수고야. 나도 저 문에 들어가려고 수십 번 노력했었어. 하지만 어느 날부터 내 육신이 날 받아 주려 하지 않았지. 내 꼴 좀 봐."

"언제부터 그러신 거예요?"

"이렇게 된 지도 3년이 넘었어. 악랄한 놈은 멈추질 않았어. 교묘하게 피해 다니면서 내 몸을 사용했지. 알 수 없는 이유로 쓰러지는 빈도가 잦아지더니 안면마비가 찾아왔지."

"김그린 건축가가 그렇지 않나요?"

"그래. 그는 한쪽 얼굴이 움직이지 않아. 불과 몇 년 전만 해도 그의 영혼은 앳되고 성숙하지 못한 어린 남자아이였지. 육체가 없어서 떠도는 혼령인가 했는데. 그때 작고 어린 영혼이 이런 계획을 하고 있을 거라곤 상상도 못 했다. 많은 나이에도 불구하고 영혼은 어린아이였다는 건 느낄 수 있는 감정이 한정적이라는 거야. 앞으로 강해지면 강해졌지 나약해지진 않을 거야. 무엇보다 이런 나보다 먼저 일어났던 사건에 범인으로 오해받은 그 친구가 더 불쌍해. 함께 야자실에 있었다는 이유만으로 억울하게 누명을 덮어쓴 채로 사람들 시선을 감당해야 했어."

영혼은 이 이야기를 하는 동안 듣기 거북한 가래 끓는 소리를 내더니 이내 못 참고 기침을 터뜨렸다. 창고 안에 느껴진 미세한 진동에 가만히 있던 혜성이가 놀랐다.

"무리하지 마세요. 그런데 왜요?" 승원이가 그녀를 다독였다.

"사람들이 뭔가에 홀린 것마냥 남은 여학생을 범인이라고 지목했단다."

"아니. 왜요? 둘은 친구 사이였잖아요." 승원이가 살짝 흥분한 나머지 자신도 모르게 언성을 높였다. 옆에 있던 혜성이가 놀라 쳐다보았다. 영혼이 승원이의 옷자락을 급히 잡아당겼다.

"쉬쉬! 조용히 하렴. 내 생각엔 아무래도 교복에 그 친구의 지문이 많이 나왔던 모양이야."

"말도 안 돼요."

"그래. 말이 안 되지. 쓰러진 여학생을 목격했던 내가 더 유력한 용의자가 될 만도 했어. 그런데 그들은 내가 열쇠까지 있다고 한들 의심조차 안 하더라. 오히려 날 미친 사람 취급했지. 그쪽에서 하도 몰아가니까 그 아이는 설마 자신이 무슨 짓을 한 건 아닌지 지레 겁을 먹더구나. 제 친구가 사라졌다는 사실에 이미 마음의 병을 앓고 있었는데 말이야. 오우 불쌍한 것!"

영혼은 감정이 격해져 자신의 옷자락을 꽉 쥐어 잡았다. 승원이는 그녀가 슬픔을 삼켜 내는 동안 기다렸다. 하지만 그녀의 흐르는 눈물이 쉽게 그치질 않았다.

"내가 얼마나 고통스러웠는지 아무도 모를 거야. 유일하게 진실을 알고 있었지만… 그 아이를 못 지켰기 때문에 괴로운 나날을 보내야 했지. 아니지. 난 이런 대가를 받아야 마땅하지."

돌연 그녀가 서럽게 울기 시작하자 승원이는 어쩔 줄 몰라 자신의 품 안으로 껴안고서 말했다.

"진정하세요. 선생님 잘못이 아니에요."

"그 사건이 사람들한테서 잊히는 걸 잠자코 지켜볼 수가 없었어. 난 미친 사람처럼 복도와 창고를 확인해 봤지."

"그런데 선생님, 그 전에는 창고 안을 들어가 본 적이 없으셨어요?"

"전 교장 선생이 날 막았어."

"네? 교장 선생님이요?"

"그래. 그가 내 행동을 항상 주시했거든. 그이는 나쁜 사람은 아니야. 겁이 좀 많은 편인데 말을 웃기게 잘해서 전교생뿐만 아니라 선생님들까지 좋아했지. 기회가 된다면 그를 찾아가도 좋을 텐데. 그리고 나와 대화한 적도 있단다."

"네?" 승원이는 놀라 소리쳤다.

"세상에, 뭐 이리 놀라?"

"대화하신 적이 있다고요? 제 주변엔 저와 같은 사람이 아무도 없어요. 선생님 말씀에 당연히 놀랄 수밖에요. 그럼 건축가가 그런 일을 벌이도록 그대로 뒀다는 거예요?"

"그도 몰랐어. 단지 그곳에서 사악한 기운이 맴도니까 가지 말라고 했을 뿐이야. 지금은 이 학교를 떠나고 성수고등학교에 있다는 말을 듣긴 했는데. 어디 있는지는 모르겠구나…."

"이미 늦었네요…."

그녀가 손을 뻗어 울상이 된 승원이의 뺨을 부드럽게 어루만졌다.

"아가. 이젠 네가 있잖니. 앞으로 우리를 피하지 않기로 아까 나랑 약속했지? 영혼의 세계란 무궁무진해서 보통 사람들은 이해하기 힘든 범위란다. 그 세계를 알고자 하는 자만이 상대방을 이해할 수 있고 지혜로운 사람으로 거듭나지. 뭔가를 시도할 때 본인이 진정 원하고 있는 건가, 아니면 의식의 흐름대로 가고 있는 건 아닐까 알아차릴 수 있어야 해. 육체라는 것은 말이다. 보이는 껍데기가 아닌 자신을 보호하거나 감출 수 있는 방패 막으로 사용해야 하는 거야. 강한 영혼은 절대로 육신 밖으로 모습을 드러내려 하지 않아. 깊은 곳에서 잠들지 않도록 자라나야 한다."

"육체의 깊은 곳이요?"

"이 안에서 말이다."

그녀가 낙엽처럼 파르르 떨리는 손으로 승원이의 왼쪽 가슴을 가리켰다. 승원이는 자신의 가슴을 바라보았다.

"이제 가자."

그때 승원이는 자신의 어깨에 올려진 혜성이의 손을 보고 깜짝 놀랐다. 대화에 너무 깊이 빠져 있어서 창고라는 사실마저 잊고 있던 것이다. 이윽고 그녀가 숨을 헐떡거리더니 극도로 괴로워했다. 승원이가 그녀의 머리를 조심스레 받쳐 살짝 일으켜 주었다. 승원이는 '그때 자신이 도망치지 않았다면 경비원의 영혼은 어떻게 됐을까라는 생각이 사뭇 들었다. 어쩌면 자신 때문에 이러한 결과가 초래된 것은 아닐까 하는 죄책감이 들었다. 이대로 돌아서면 그녀는 마지막 순간까지 혼자일 것이다.

"얼른 가보렴. 난 이젠 평온히 눈감고 싶구나. 너와 마지막으로 대화를 하고 나니 억울했던 감정들이 조금이라도 해소되는 기분이네. 더 이상 복도를 허우적대는 꼴사나운 짓은 하지 않을 거야."

"선생님. 자리는 지키고 싶어요."

옆에 있던 혜성이는 처음으로 울먹이는 승원이를 빤히 보았다. 그러자 영혼이 있는 힘껏 목소리에 힘을 주었다.

"마음 약해지지 마. 여기서 아까운 시간이나 지체하지 말고 나가서 한시라도 빨리 다른 영혼을 찾아봐야 해. 한 사람 얘기만 듣고 일련의 사건을 파악하기란 힘든 법이야. 영혼은 단순하면서 때로는 악랄하지. 개인마다 특색도 다르다는 걸 누구보다 잘 알잖아. 대부분 그를 두려워하는 영혼들뿐이겠지만 도와주려는 손길도 있을 거란다."

그녀의 몸에서 불씨가 피어나 주황빛이 새어 나왔다. 그녀는 자신의 몸에서 빛이 나자 승원이의 귓가에 가까이 입술을 대고 속삭였다.

"무슨 일이 있어도 두려워 말고 끊임없이 영혼들과 대화하렴."

그때였다.

"그가 왔다! 도망쳐!"

영혼이 겁에 질린 두 눈으로 큰 소리로 외치더니 몸이 축 늘어졌다. 승원이는 그 모습을 보지 않으려 몸을 홱 돌려 혜성이한테 울부짖었다.

"빨리 나가!"

*

혜성이는 어젯밤 한 시간 뒤에야 온 막차를 타고 집으로 왔다. 승원이는 친구들의 화분을 아무도 몰래 뒷산에 숨겨 뒀다고 말했다. 불현듯 전 교장 선생님이 승원이와 같은 능력을 가졌다면 지금 교장 선생님도 의심을 품을 만하다고 생각했다. 통화까지 이어져 이런저런 이야기를 나누다 잠을 거의 못 잤다.

"혜성아, 넌 잠깐 교무실로 와."

갑작스러운 담임의 호출에 반 아이들이 숙덕거렸다. 혜성이가 소문이 안 좋은 2반 승원이랑 친구라는 사실에 피해 다녔다. 같은 반 통통한 백준이와 홀쭉이 성현이가 유일하게 편견 없이 혜성이를 대했다. 그들은 걱정스러운 표정으로 혜성이를 쳐다보았다.

"혜성아, 너 요새 뭔 생각에 빠져 사는 거냐? 툭하면 멍 때리고 앉아 있기나 하고." 황동근 담임 선생님이 말했다.

"아, 그냥요."

"그건 그렇고 아침 뉴스는 봤어?"

"뉴스요?"

"그래. 며칠 전 성수고등학교 여학생이 사라졌던 거 알지?"

"네."

"그런데 오늘 아침에 그 여학생이 우리 학교 1층에서 발견됐다. 믿겨지니? 본인이 왜 그곳에 쓰러졌는지 어째 기억을 못 하더라고. 그나마 선생님이 발견해서 다행이었지."

혜성이는 여학생이 무사히 깨어났다는 소식에 한시름 놓았다. 그래도 겉으론 처음 듣는 듯한 연기를 취해야 했다. 시선을 둘 데가 없어 지구본을 쳐다보았다.

"요새 네가 잠잠하니 다른 사람이 쓰러지나 보구나."

담임은 자신의 말을 듣는 둥 마는 둥 하는 혜성이의 태도를 지켜보았다. 혜성이가 손가락 끝에 힘을 줘서 지구본을 힘껏 돌렸다. 지구본이 속도를 높여 휙휙 돌아갔다.

"그리고 경비아저씨가 아침부터 의식 불명 상태란다."

혜성이는 그의 어조에서 살짝 자신을 의심하는 느낌을 받았기에 믿을 수 없어 담임을 쳐다보았다. 수분 없이 푸석푸석하고 까무잡잡한 피부와 주름 잡힌 눈꼬리 안의 눈동자를 보았다. 흰자 안의 검정보다는 조금 탁한 왼쪽 검은색 눈동자가 차차 파란색으로 물들어 가고 있었다. 심장이 요동쳤다.

"조심하라는 거다. 내 지켜보고 있으니."

순간 소스라치게 놀라 그만 자리에서 벌떡 일어났다. 의자가 뒤로 우당탕 넘어갔다. 교무실에 있던 선생님들이 깜짝 놀라 일제히 쳐다보았다. 모든 이의 주목을 받은 혜성이가 사색이 된 채 담임을 쳐다보았다.

"무슨 일이야?" 다른 선생님이 가까이 와 물었다.

"아, 선생님 아무 일 아닙니다. 이 학생이 평소에도 버릇이 없어서 그럽니다." 담임의 대답과 동시에 파란색 눈동자가 사라졌다. 혜성이는 뒷걸음질 치며 교무실에서 빠져나왔다.

"야, 최혜성!"

문 앞에는 전교생 중 가장 덩치가 큰 승표가 서 있었다.

"너 어제 뭐 했어? 너희 할머니가 우리 집에 전화 왔었어." 승표가 핸드폰을 내밀어 보였다.

혜성이는 성현이와 백준이도 뒤따라 온 것을 알고 그냥 고개를 돌리려

했다. 그러자 백준이가 말했다.

"야! 너 담임한테도 불려 갔던 이유가 뭐야? 요새 우리 얼굴도 제대로 못 쳐다보고 진짜 수상하네. 그 강아지는 어떻게 됐어?"

"주인 찾아서 줬어."

혜성이는 대꾸할 말을 더 생각했지만 딱히 떠오르지 않았다. 수업이 끝나고도 집요하게 물어보는 친구들을 피해 무작정 뛰기로 결정했다. 호리호리한 성현이와 통통한 백준이 그리고 제일 육중한 승표가 뒤쫓아 왔다.

"어디 가!"

달리기를 워낙 싫어했던 승표였지만 이번엔 기필코 놓치지 않겠다는 결심을 다진 모양이다. 혜성이는 때맞춰 온 버스에 감사하며 탑승했다. 백준이가 신경질 내며 창문을 쾅쾅 두들겼다. 화난 버스 기사 아저씨가 앞문을 열고 욕설을 내뱉자 성현이가 무섭게 노려보았다. 집에 도착하자마자 승원이한테 이 사실을 알렸다.

"나 혼자 움직이는 편이 낫겠어. 내일 병가로 조퇴해서 교장 선생님 만났다가 뒷산에서 기다릴게."

"혼자 가능하겠어?" 혜성이는 승원이가 혼자 움직이겠다고 하니 기분은 좋지 않지만 어쩔 수 없어 물었다.

"차라리 나 혼자 갔다 오는 게 나아. 걔네들은 내가 뭘 하든 신경도 안 써."

...Part 7

굶주린 승표의 영혼

　다음 날 계획대로 승원이는 조퇴를 한 후 교장실 문을 두드렸다.
　"들어오세요." 문을 두드리자 안에서 목소리가 들렸다.
　안으로 들어가니 널찍한 갈색 소파 너머에 다소 차가워 보이는 인상의 젊은 보조가 업무 보던 도중 승원이를 힐긋 보고서 벌써부터 인상을 찌푸렸다.
　"무슨 일이니? 화분 때문에 온 거야? 몇 학년?"
　젊은 보조는 머리카락을 귀 뒤로 넘기며 심드렁한 말투로 물었다. 꽤 많은 학생들이 오고 갔기 때문이다.
　"1학년이요."
　"이름?"
　"최승원입니다."
　"저번에 오지 않았어?"
　학기초 맨 처음 꽃을 피운 학생들끼리 온 적이 있었다. 그녀가 묻는 와중에 인터폰이 울렸다. 방금 전까지 인상을 구기던 젊은 보조는 고개를 빼꼼 치켜들었다. 교장실 입구 왼쪽에 다른 방으로 이어지는 문 하나가 있었다. 젊은 보조가 인터폰을 눌렀다.
　"네. 교장 선생님. 1학년 최승원 학생이 왔대요. 그런 것 같아요. 알겠습니다."

그녀는 수화기를 내려놓더니 말했다.

"들어가 봐."

승원이는 고갯짓으로 살짝 인사를 한 후 다가가 문고리를 열었다. 곱실한 파마머리의 교장 선생님이 책상에 앉아 반갑게 인사했다. 먼젓번 교장실에 왔을 땐 4반 성경이랑 왔었다. 저번과 사뭇 다르게 교장실은 아주 작은 식물원처럼 생겼다. 큰 대리석 화분이 벽면에 나란히 있었고 색색의 꽃들과 10센티 가량의 줄기들이 피어나 있었다. 창문까지 넝쿨 식물들이 독차지했다. 교장 선생님은 책상에 올려진 꽃을 정성스레 어루만지고 있었다. 승원이가 피워낸 검은색으로 얼룩진 파란 장미였다. (승원이는 얼룩진 꽃으로 인해 화분을 다시 키울 수밖에 없었다.)

"안녕하세요. 교장 선생님. 화분 때문에 왔어요." 승원이가 쭈뼛쭈뼛하게 말했다.

"승원 학생 말고도 이미 입학식 날부터 학생들이 끊임없이 찾아와요. 물을 아무리 줘도 맘처럼 자라지 않아서 화가 났지요." 그녀는 재밌다는 듯이 웃으며 주전자를 들고서 벽 쪽에 놓인 화분에 물을 주었다.

"눈에 보이지 않아도 믿는 것. 씨앗의 매력이죠. 식물 역시 인간들과 다를 바 없지요. 진심 어린 마음으로 화분을 대해야 돼요. 다들 그 방법을 몰라서 그래요. 인내심만 가지곤 절대 키울 순 없어요."

"교장 선생님. 화분이 평범하지 않다는 건 전교생 모두가 알고 있어요. 무슨 의미를 뜻하는지 궁금해서요."

"정 그렇게 궁금하면 승원 학생이랑 비슷하게 꽃을 피워낸 4반 성경이 학생한테 가서 한번 물어보지 그래요? 그 친구도 잘 키우던데." 그녀가 화분 주전자를 책상 끄트머리에 조심스레 치우고 횡설수설 말하기 바빴다.

"모르겠어요. 전 왠지 화분들이 사라진 학생들과 관련…."

그때였다. 문고리가 철컥 하며 잠겼다. 입가에 미소를 짓고 있던 교장 선생님의 표정이 싸늘하게 굳어졌다.

"쉿. 조용히. 들을 수도 있으니까."

그녀는 빠른 속도로 눈을 굴리며 그 공간을 정신없이 움직였다. 벽면을 짚다가도 다른 쪽 벽면에 귀를 기울이기도 하고 창문에 고개를 내밀기도 했다. 그녀의 행동에 승원이는 불안해졌다.

"당신을 해치려 온 게 아니에요. 당신 친구분들은 아직 안전해요. 그러니까 제 말을 믿고 조금만 벽에서 떨어지세요."

그녀가 경계하는 승원이를 향해 아주 조심스레 차분한 목소리로 말했다. 그 말을 따라야 할지 잠시 고민하던 찰나 그녀가 양팔을 우아하게 머리 위로 들어 올렸다. 그러자 벽 쪽에 나열된 화분 속 새싹이 순식간에 나무줄기로 자라났고 창틀에 있던 넝쿨들도 길게 자라났다. 뿐만 아니라 바닥에 있던 틈 사이에서도 자라나면서 사방은 파릇파릇한 잎사귀와 촘촘한 풀들로 가득해졌다. 작은 무당벌레가 그 사이를 비집고 나와 날개를 파닥였다. 그녀는 기분이 한결 나아졌는지 한층 안정되어 온화한 미소를 보였다. 천장 쪽에서 꿈틀거리던 기다란 풀이 내려와 승원이의 얼굴을 찬찬히 훑어 내렸다.

"안녕하세요. 전 '아스테리아'라는 섬에서 온 린데라 여왕입니다. 요정들의 여왕이죠." 린데라 여왕이 본인을 간략하게 소개했다.

"요… 요정이라고요?"

그녀가 요염한 손짓으로 연필꽂이에서 빗을 꺼내 고불거리고 짧은 머리카락을 가지런히 빗질했다. 그녀가 빗을 내려놓았을 땐 짧았던 머리는 바닥에 닿을 듯 긴 머리가 되었다. 물론 거기서 끝이 아니었다. 벽면에 있던 나무줄기가 초록색의 잎들과 노란색 잎들을 그녀의 머리카락에 꽂아 주었다. 승원이는 변한 그녀의 외모에 적잖은 충격을 받았다.

"이곳에 우리 세계로 넘어올 수 있는 다리가 있어요. 그 다리를 따라 아스테리아로 넘어오지 말고 그들을 부르세요."

"넘어오지 말고 부르라고요?"

그때였다. 문 가까이에서 구두 소리가 들리더니 누군가 문고리를 만지작거렸다.

"이런 몹쓸 문고리! 잠깐 사이에 문이 잠겼나 봐요!"

"그런 것 같은데? 요새 문이 왜 이러지?"

바깥에서 들리는 젊은 보조와 교장 선생님의 대화였다.

"방법이 있을까요?" 승원이가 물었다.

"화분. 씨앗이 없는 화분이 도울 수 있을 거예요. 화분을 키워 아이들을 찾을 수 있을 겁니다. 엘화르, 당신이라면 할 수 있어요."

"엘화르요?"

"오! 교장 선생님, 안 불러도 될 것 같아요. 문이 열렸어요!"

밖에서 들리는 소란스러운 소리에 린데라 여왕이 다급하게 벽 쪽을 가리켰다. 나무줄기들이 승원이의 팔목을 가볍게 쑤욱 잡아당기자 승원이는 순식간에 복도로 나와 있었다. 정신이 몽롱했다. 방금 무슨 상황이었던 걸까. 몇몇 학생들이 다급하게 계단을 뛰어 올라가는 승원이를 힐긋 쳐다보았다. 그건 중요치 않았다. 4반 앞에 멈춰서 활짝 핀 꽃을 확인했다.

이성경.

1학년 전교 1등이다. 야자실에서 감독관이라도 되는 듯이 까탈스럽고 성격이 예민한 친구였다. 겉으로 보기엔 입만 살았다 생각했는데 다들 성경이가 말하면 찍소리도 못 했다.

"야. 너 왜 여기 있어?"

성경이가 반테 안경 너머 의심스러운 눈초리를 보내었다. 일단 한 걸음 뒤로 물러섰다. 성경이는 손에 쥔 펜을 똑딱거렸다.

"아니, 그냥." 승원이는 성경이의 시선을 회피하며 자리를 뜨려 했다.

"내 화분은 왜 보고 있는 거야?" 성경이가 다시 똑딱거렸다. 마치 질문의 개수를 세는 모양이다.

"궁금하지 않아? 다른 애들과 다르게 우리만 꽃을 빨리 피운 이유가?"

"본인 화분 망가진 거에도 별 관심 없어 보이더니 의외네. 야. 그건 뻔하지. 물을 잘 줬으니까."

성경이는 질문이 다소 불편했는지 인상을 찌푸렸다. 그리고 목소리를 낮추고 말했다.

"사실 영양제를 좀 넣어 줬어."

승원이는 그 말을 듣고서 피식 웃음이 났다. 이제 확인했으니 고개를 끄덕이고 자리를 피하려 했다.

"참 수상해." 성경이가 대뜸 말했다. 승원이가 쳐다보자 성경이는 좌우를 두리번거렸다. 잠시 고민하는 모양이었다.

"사람들은 뭔가 꿍꿍이가 있으면 시선을 회피하는 법이야. 지금 네가 그래."

복도에는 학생들이 좀 있었지만 다들 별 관심이 없어 보였다. 차라리 처음부터 성경이의 영혼과 대화하는 편이 나을지도 몰랐다. 정신을 집중하고 성경이의 눈을 빤히 바라보았다.

"에이. 그만둬. 나한테는 그 방법이 먹히지 않을 거야."

성경이가 손을 휘저으며 말했다.

"뭐?" 승원이는 놀라 자신도 모르게 소리쳤다.

"네가 무슨 일을 벌이든지 간에 관여하고 싶지 않아."

말문이 턱 막혀 버렸다. '얘가 무슨 소리를 하고 있는 거지?'

마치 성경이는 이에 대답하듯 좌우를 살핀 후 주변에 몇 명의 학생들이 지나가자 한 걸음 가까이 다가왔다.

"나도 너랑 비슷한 시점에 이사 왔어. 물론 넌 모를 수도 있겠지만 지금 우리 집 사정이 좋지 않아. 이곳은 달라. 현실 세계잖아." 승원이는 성경이가 낯설게 느껴졌다. 그리고 왜 이러나 싶은 표정으로 쳐다보았다.

"너 진짜 아무것도 모르는구나? 이 꽃 이름이 뭔지 알아?"

"몰라."

"아메리칸 블루야. 너와 나의 인연을 뜻해. 다음에 보자." 성경이는 이 말만 남기고서 돌아갔다.

방금 무슨 일이 있었던 걸까. 이해할 수 없었다. 성경이도 뭔가 알고 있다는 것이다. 갑자기 소름이 돋았다. 어쩌면 성경이가 자신에 대해 더 알고 있을 거란 느낌이 들었다.

*

집에 도착했을 때 혜성이한테 연락이 왔다.

"오늘 뒷산에서 멧돼지 발자국을 봤나 봐. 체육시간에 10반 여학생들이 소리치고 난리도 아니었대. 지난번에 짐승 새끼가 야자실까지 침범했다고 내가 둘러댔던 말을 누군가 들었는지. 새끼가 있으니 어미가 이미 터를 만들었을 수도 있다고 하더라. 방학식이 지나면 울타리 설치도 논의해 볼 거래."

청천벽력 같은 소식이다. 뒷산은 유일하게 승원이와 혜성이가 대화했던 장소였고 게다가 친구들의 식물 보관 장소이기도 했다. 우선 뒷산에 있는 화분부터 치워야 했다.

"조심해서 와. 애들한테 들키지 않게." 승원이가 신신당부했다.

하교 시간이 지나고 어중간한 시간대에 맞춰 승원이는 집에서 작은 삽과 엄마가 안 쓰는 장바구니 캐리어를 가지고 학교로 갔다. 교문에 도착하니 경비원과 마주쳤다. 경비원은 승원이를 보고도 모르는 척했다. 승원이도 뒷산을 향해 언덕 위를 빠르게 올라갔다. 걷다 보니 평소에 보지 못했던 홈이 난 기둥이 간간이 보이기 시작했다. 좀 더 깊숙이 들어가 마침내 아지트 쪽에 햇빛이 잘 들어오는 수풀이 있는 곳에 도착했다. 우선 여분의 흙을 가방에 적당히 고르게 퍼냈다. 몇 주 사이에 수진이 꽃이 자라 있었다. 대파처럼 넓적하고 빳빳한 잎들이 꽃대를 중심으로 자라났고 꽃봉오리는 올챙이 모양으로 아직 피지 않은 상태였다. 하나하나 아주 조심스레 큰 가방에 나눠서 담아 두었다. 그러다 누군가 걸어오는 소리가 들렸다. 혜성이라고 생각했지만 아까 마주쳤던 경비원은 아닐까 하는 생각도 들었다. 작업을 잠시 멈추고 조금 떨어진 기둥 뒤로 숨었다. 고개를 내밀고 확인하니 혜성이가 등진 채 수풀을 젖히고 있었다.

'어이!'

하고 부르며 나가려는 도중 어귀 쪽에 위치한 나무들 사이로 열심히 달려오는 거대한 실루엣이 보였다. 도로 물러나 기둥 뒤로 숨었다.

"야! 최혜성!"

승표였다. 승표의 헐떡대는 소리가 들렸다. 그렇게 조심하라고 했는데 승표가 쫓아온 것이다.

"여기서 뭐 해?"

이마에서 흥건하게 맺힌 땀이 콧등으로 떨어지고 온몸이 땀범벅이다. 승표가 주위를 살피다가도 이내 휙 돌기도 하고 경계하는 바람에 승원이는 제대로 지켜볼 수가 없었다. 여태 혜성이가 아무 말도 못 하는 것을 보니 머리를 굴리고 있을 것이다.

"또 쫓아왔어? 왜 이러는 거야. 난 산책하러 왔어. 여기가 한적하고 굉장히 좋거든. 이제 울타리 설치하면 못 오니까. 자. 이제 얼른 가자." 혜성이가 얼버무리며 급히 자리를 피하려 했지만 승원이가 듣기에도 굉장히 어색했다.

"너 강아지 네가 주인 찾아 줬다 했지?"

"응."

"내가 찾아 줬어. 일부러 너한테 물어봤던 거야. 야 어딜 가!"

갑자기 승표의 높아진 언성에 슬쩍 확인해 보니 둘의 위치가 바뀌어서 혜성이의 얼굴을 볼 수 있었다. 요 근래 승표가 유독 이상한 행동을 보였다. 평상시에 행동이 굼뜨고 먹을 거 말고는 아무 생각 없이 지내는 친구로 알고 있었다. 물론 승표의 육신에 비해 영혼은 정반대의 모습을 보이곤 했다. 가끔 그 영혼과 눈이 마주친 적도 있었다. 어쩌면 뭔가 알고서 승표를 자꾸 자극하고 있을지도 모를 일이다. 이참에 물어볼 수 있는 기회였다. 승표 뒤에 보이는 나무 기둥까지 가려면 적어도 세 그루의 나무는 지나쳐야 했다. 빠르게 손을 휘젓고 얼른 몸을 숨겼다. 과연 봤을까.

"야! 너 어디 보는 거야!"

"그래! 말해, 난 준비됐어!"

혜성이의 외침은 승원이를 향한 목소리였다. 승원이는 신호라 생각하고 즉시 움직이기로 했다. 발뒤꿈치를 들고서 아주 조심스럽지만 빠르게 다가갔다.

"난 네가 걱정이야. 애들도 다 너 걱정하고 있기도 하고. 야! 자꾸 어딜 보는 거야!"

승표가 고개를 빠르게 뒤로 돌렸다. 승원이가 재빨리 기둥 뒤로 숨었다. 심장이 철렁했다.

"너… 허튼 짓 하려 하지 마. 저번에 쓰러진 이후로 정신이 좀 이상해진 것 같아. 틈만 나면 정신이 딴 데 가 있는 것 같다고." 승표는 상당히 흥분한 듯 통통한 손가락으로 혜성이를 가리켰다.

혜성이가 불안해하는 모습을 보이자 이에 승표가 더욱 흥분했다.

"요즘 날 호구로 아는 건지 약 오르게 피하고 도망치고! 나도 더 이상은 못 참아! 너 오늘 제대로 해명 안 하면 난 애들한테 네가 수상하다고 말할 거야. 그건 알아 둬."

승표가 이것저것 따지는 사이 승원이는 신속하게 움직이다 실수로 나뭇가지를 밟았다.

'탁'

승표가 깜짝 놀라 고개를 돌리려 했다.

"말할게!"

평소라면 재빨리 머리를 굴렸던 혜성이였을 텐데 온 신경이 승원이한테가 있기에 생각할 겨를이 없었다. 다행스럽게도 승표는 여기까지 혜성이를 쫓아오는 동안 힘을 다 썼기 때문에 굳이 나무 기둥 뒤편을 확인하지 않았다. 가까이 다가온 승원이가 혜성이를 향해 눈을 깜빡거렸다.

"진정해. 일단 진정하고. 때가 되면 내가 전부 설명할게."

승원이는 승표의 등을 매섭게 쳐다보고 그 안에 있을 영혼을 생각했다. 내면의 힘을 끌어 모아 상대방의 영혼을 불러내는 것. 주변의 시야는 흐릿해졌고 오로지 두 눈은 승표의 등을 향했다. 그리고 서서히… 승표의 등 뒤로 희끄무리한 무언가가 고개를 슬그머니 내밀었다.

"배고파. 당장 나에게 마실 것을 줘… 먹을 것을 달란 말이야…." 승표의 굶주린 영혼이었다.

승표의 모습에서 거의 50키로 이상 빠진 뼈밖에 보이지 않는 형체가 서서히 걸어 나왔다. 꺼끌꺼끌한 삼베옷을 입었는데 옛날 사람들이 입을 법한 옷으로 굉장히 허름했다. 혜성이는 날렵하게 몸을 날려 의식을 잃고 앞으로 쓰러지는 승표를 붙잡았.

"할 말이 있어요." 승원이가 말했다.

승표의 영혼이 허리도 덜 편 채 금방 잠에서 깬 게슴츠레한 눈으로 주위를 살폈다. 승원이를 쳐다보는 눈빛이 이상하리만치 섬뜩했고 무언가 알고 있다는 표정이었다. 입학식 때부터 바로 앞자리에서 고개를 내밀고 자신을 관찰했을 때부터 알아봤다. 영혼은 승표와 너무도 다른 분위기를 풍겼다. 무엇보다 볼때기가 움푹 파여 있어 섬뜩할 지경이었다.

"날 부른 놈이 너야?"

승표의 영혼이 갑작스레 상체를 길게 늘어트려 승원이 얼굴을 확인하는 바람에 깜짝 놀란 승원이가 뒤로 엉덩방아를 찧었다.

"하하하. 무섭지? 여기가 천당인가 했네. 그게 아니면 혹시나 굶주려서 정신을 잃었나 했지." 그는 마른 어깨를 들썩이며 호탕하게 웃어 보였다.

"자꾸 저희를 감시하는 기분이 들어서요. 혹시 알고 계시나 해서요."

"몰라. 알 게 뭐야… 불렀으니 먹을 거나 줘."

그가 시선을 피하며 딴청을 피웠다. 분명 모른 척 거짓말을 하고 있다.

"알고 계신 거 다 알아요. 시도 때도 없이 절 관찰하시면서 모른 척하시네요. 애초부터 제가 영혼을 본다는 자체를 궁금해하지 않으셨잖아요."

"오호라… 일리가 있네. 보기보다 꽤 건방진 친구로구나. 영혼들의 세계를 볼 수 있다고 해서 다 알려고 하면 안 돼. 어찌됐든 넌, 육체잖아. 영혼들이 고삐를 틀어 가리키는 곳을 걸어 다니는 살덩어리일 뿐이라는 거지. 위험한 짓이니 그만둬. 그냥 맘 편히 모른 척하라고."

그사이 혜성이는 승표의 몸을 버티느라 고생이었다. 승표의 땀 냄새가 코를 찔렀다. 온몸의 힘이 전부 빠져나간 사람마냥 자신한테 기대어 침을 질질 흘리고 있었다.

"그럼 제가 모르고 있는 사실이라도 있을까요?"

승원이의 질문에 영혼은 가느다랗게 실눈을 뜨고 말했다.

"용건은 간단히라고 했는데? 벌써 지금까지 열 마디 넘게 말했어. 이런 얌생이 같으니라고. 이만 난 들어간다."

영혼은 육신에게 가려다 승원이를 보며 물었다.

"내가 도와줄 수 있긴 한데. 대가 없이 안 돼. 뭐든 할 거야? 내 부탁이 뭐가 되든지 간에 말이야."

"알겠어요." 승원이가 체념한 듯 말했다.

"그래. 협상 끝. 너와 나의 대화는 아무도 모르게 하자꾸나. 그래야 나도 널 도우기 편하지." 영혼은 의미심장한 미소를 보였다.

혜성이는 더 이상 육중한 승표의 몸을 견딜 수 없었다. 시간이 빨리 흐르길 기도했다. 여기까지 따라온 승표를 보고 당황했지만 다행히도 그건 절호의 기회였다. 계획을 맞춰 보지도 않았던 환상의 플레이였다. 기대 있던 얼어붙은 승표의 흐릿해진 초점이 도로 돌아오더니 잠에서 깨어난 것처럼 웅얼거렸다.

"그니까… 내가 다 안다고… 이 자식아….''

그때 짧고 굵직한 비명 소리가 들려왔다.

"너… 지금… 뭐 해?"

고개를 돌리자 백준이와 성현이가 불과 몇 미터 떨어진 자리에서 공포에 질려 꼼짝 못 하고 얼어붙어 있었다.

"야! 안 떨어져? 저 새끼 침 흘리는 것 좀 봐! 걔 말이 맞았어. 빨리 연락할 것이지." 성현이가 가드를 올린 채 갈팡질팡하면서 소리쳤다.

"정신 차려! 이 불쌍한 놈아! 지 몸 못 가누는 것 좀 보라고!" 백준이가 질겁하며 승표를 아이스크림 막대기로 가리켰다. 차마 발길이 떨어지지 않은 듯 적정선의 거리를 두고 절대 다가오지 않았다.

"아니… 나는… 그게 아니라…."

"무슨 의식 같은 거 하고 있던 거야? 주술? …아니, 뭐 한 거냐고! 저 불쌍한 놈한테 무슨 짓을 하려고 그랬던 건데? 우리가 요새 승원이 의심했다고 해서 열받아서 그런 거야?" 성현이가 소리쳤다.

"아니야! 진짜 나 아무것도 안 했어." 당황한 혜성이가 손을 내저었다.

"말도 안 돼… 믿을 수 없어… 믿을 수 없다고…."

"쟤 좀 봐! 아직도 정신을 못 차리잖아!" 성현이가 흐르는 침을 닦으며 정신이 몽롱해 보이는 승표를 가리켰다.

그때였다. 나뭇가지가 우지끈거리며 부러지는 소리가 들렸다. 그 작은 소리에 성현이와 백준이가 움찔거렸다.

"뭐야, 방금?" 성현이가 어정쩡하게 자세를 취하고 주위를 두리번거렸다.
"멧돼지?" 백준이가 아주 작은 목소리로 말했다.
승원이는 조용히 숨어 있다가 집으로 돌아왔다. 잠시 후 온 전화를 받아 보니 혜성이가 크게 한숨을 내쉬었다.
"그냥 도망쳤어."

*

- 7월 21일 방학식 -

그로부터 일주일이 지났다. 창가에 있던 화분들은 각기 집으로 가져갔다. 그동안 멧돼지 사건에 대해 말들이 많았다. 일주일 사이 서식지가 크게 확장되었을 뿐 짐승의 배설물도 발견된 바 없었고 흙을 파헤친 구멍만 몇 개 발견되었다. 경찰견들은 킁킁거리다 갈피를 못 잡고 딴 길로 새다가 자꾸만 굵은 막대기를 입에 물어 오기 일쑤였다. 경감은 그래도 혹시 모를 대비의 차원으로 학생들의 안전을 위해서 철조망을 곧 설치할 예정이라고 공포했다. 성현이와 백준이, 그리고 승표 감시 아래 혜성이는 아무것도 할 수 없었다. 이제 뒷산을 울타리로 막는다. 그렇게 되면 유일한 대화 장소마저 사라진다. 방학식 이후론 경찰관들이 쫙 깔린 학교 건물 안을 샅샅이 둘러볼 수 있는 방법 또한 없었다. 수업이 끝난 후 운동장 입구가 어느 때보다 웅성거렸다. 무슨 일이 일어난 건지 혜성이도 입구 쪽으로 달려가 확인했다.

"적절한 대책을 강구해서 하루빨리 수색해라! 실시간으로 지역 방송을 통해 보여 줘라!"

"사라진 학생들을 방관하는 학교! 달래 마을에선 사라져야 한다!"
"폐교하라, 폐교하라!"

열댓 명 정도의 달래 마을 사람들이 푯말을 들고 교문 앞에 모여 있었다. 성민이 부모님과 성민이 과일가게 단골 할머니, 그리고 수진이네 삼촌과 수진이네 첫째 언니와 둘째 언니, 사진관 아저씨, 단발머리 미용사 아저씨, 배불뚝이 정육점 아저씨 등등 윗동네 아랫동네 누구나 할 것 없이 함께 모였다. 어수선한 가운데 몇몇 사람들은 학생들을 끄트머리 쪽으로 안내했다. 흥분한 소수의 인원은 덩치 큰 경비아저씨의 만류에도 불구하고 운동장 입구로 들어갈 기세였다. 이에 매점 아저씨도 나와서 길을 통제했다.

"여러분! 여러분, 주민 여러분! 다들 진정들 합시다! 지금은 학생들이 하교할 시간이니, 일단 집으로 돌아가세요!" 마을 이장이었다.

몰려 있던 사람들이 마을 이장 목소리에 양옆으로 길을 만들었다. 그 목소리를 듣고서 매점 아저씨는 의자에 성큼 올라가 확인했다. 키도 작고 체격도 작은 왜소한 그의 뒤로 덩치가 큰 건장한 사람들 세 명이 있었다.

"저흰 물러날 생각 없습니다! 지금까지 제대로 된 게 뭐라도 있습니까?" 정육점 아저씨가 소리치자 수진이 첫째 언니가 대뜸 소리쳤다.

"알긴 하시나요? 제 동생… 착한 내 동생!"

"일단 들어가세요. 제가 곧 어떻게 해서든…."

"이장님! 이장님!! 제 손녀딸 언제 돌아오는 건가요? 온다고 했잖아요." 성민이네 과일가게 단골 할머니였다.

"할머니, 조금만 기다려 주세요. 지금…."

"기다리라고 한 지 몇 번짼니까! 저희들끼리 이장님한테 찾아갔을 때도 몇 번 얘기했습니다. 저희는 참고 또 참았습니다!"

사진관 아저씨가 소리쳤다. 그는 약간 뒤로 주춤거리며 당황한 듯했지만 주위에 사람들이 많은 것을 빠르게 확인한 후 언성을 높였다.

"지금 주위를 보세요! 학생들이 집에 못 가고 있는 거 안 보입니까?!"

몇몇 학생들이 핸드폰을 들고 사진에 담고 있었다.

"학생들은 지금 집을 못 가는 게 아니라, 안 가고 있는 거예요! 친구들 생각에 걸음이 절로 멈춰진 겁니다!"

성민이 아빠는 평소에 마을 사람들한테 살갑게 대해 칭찬이 자자한 사람이었다. 그런 그가 주먹을 쥔 채 이장을 무섭게 응시했다. 주변 분위기가 그를 짓눌렀다. 모두 숨죽여 이장을 지켜보았다. 이장은 크게 당황했고 한 걸음 물러섰다.

"달래 마을 여러분. 해도 해도 너무들 하십니다. 제가 설마 몇 년째 모르쇠하고 있었겠습니까!? 제가 어찌나 노력을 했을지 알기나 합니까? 여러분이 말씀하신 것처럼 오늘부터 그린고등학교 뒷산을 샅샅이 수색할 예정입니다! 그리고 수색하는 동안 실시간으로 방송에 나갈 거고요! 지금은 그렇게 성을 내봤자! 아이들이 돌아오지 않는다는 겁니다! 하나씩 순서가 있는 겁니다! 저도 아이들을 찾기 위해서 무슨 일이든 열심히 알아보고 있어요! 저를 그렇게 몰아가면서 나쁜 사람 취급하지 마세요!"

혜성이는 이 모든 광경을 구경하다 쩔쩔매는 이장님 뒤로 모퉁이를 꺾는 승원이를 발견했다. 어딜 또 바빠 혼자 가는지 궁금했다. 망설임 없이 승원이 뒤를 밟았다. 승원이가 어디서 사는지 모르니 이번 기회에 몰래 따라가서 집을 파악해 보는 것도 나쁠 것 같진 않았다. 바짝 뒤쫓아 가 보니 도착한 장소는 학교 주차장이었다. 양옆에 즐비하게 늘어선 차량 앞쪽에 있던 승원이가 갑자기 보이지 않았다. 몸을 웅크려 조금씩 걸어가던 도중 얼핏 본 전봇대에 붙은 광고지에 시선이 멈추었다.

'사랑스러운 뽀삐를 찾습니다.'
6월 24일 공원에서 제가 한눈판 사이에 사라졌습니다.
아직 4살밖에 안 된 강아지입니다.
하얀색 말티즈로 상단의 사진 모습 그대로입니다.
찾아 주시면 아래 번호로 꼭 연락 부락드립니다.
010-****-0122. 뒷자리는 참고로 뽀삐 생일입니다.

강아지 사진이 붙어 있었다. 사진은 그린이랑 판박이에다 사라진 날짜도 정확했다. 그때 바로 뒤에서 누군가 기침하는 소리가 들렸다.

"너 혜성이 아니냐?" 황동근 선생님이다. 혜성이는 너무 놀라 대꾸도 못 했다.

"여기서 뭐 하고 있는 거야? 방학식인데 놀지도 않고?"

"아! 네네, 이…이거 친구 강아지인데요. 찾…찾으러 다녀야 해서 여기 전봇대에 붙이고 있었어요."

"이제 막 뜯은 거 같은데?"

그는 전단지를 확 뺏어 가며 잠시 광고지를 확인했다.

혜성이는 너무 당황한 나머지 벙어리가 되어 버렸다. 머릿속은 백지장마냥 하얗게 변해 버렸다. 그는 혜성이의 표정을 보고서 즉시 눈치챘다.

"네가 전설의 황동근을 모르는구나? 너 일루 와 이 자식아! 이래 봬도 젊었을 땐 꼴통인 아이들 전담이었어. 그때는 근육질 몸매였다고."

그는 혜성이의 구레나룻을 세게 비집고 틀어 자신의 아반떼 차량까지 질질 끌고 갔다.

"여기 딱 서! 내가 이런 학생들 때문에 담배를 못 끊어요. 알아?" 그는 자신의 아반떼 차량에 기대 담배 한 개비를 하나 꺼내어 입에 물었다.

"아, 진짜 거짓말 아니고 그냥 지나가던 길이었어요." 혜성이가 아픈 구레나룻을 비비며 말했다.

"쉿. 그냥 조용히 하고 있어. 내가 너네 집을 모를 줄 알고 이러는 줄 아냐? 왜 이 허름한 주차장에서 서성이는지 이해가 안 될 뿐이지. 이런 건 단순한 문제가 아니야. 다른 선생님도 아니고 담임 선생님인 만큼 딱 짚고 넘어가야 해. 한 모금만 마시고 시작하자."

그는 담배를 한 모금 깊이 들이마셨다.

"내가 만약 너 같은 가정환경에서 자랐으면 편히 공부만 했을 거다. 내가 너 나이 때 얼마나 악착같이 공부했는지 알아? 문제집도 없는 시대라 교과서만 밤새도록 외워서 우수한 성적으로 졸업했지."

"선생님… 저 이제 가볼…."

"쉿. 한 모금 더 마시고. 말동무나 해주고 갈 길 가면 되잖아."

그가 입을 빼끔거리자 연기가 공중으로 흩어졌다. 혜성이는 하늘 위로 피어오른 담배 연기를 넋 놓고 바라보았다가 무심코 그의 차량을 보았다가 눈썹을 치켜올렸다. 차창 반대쪽에서 승원이의 실루엣을 발견한 것이다. 승원이가 눈이 마주치자 검지를 입술에 갖다 대었다. 자신이 쫓아온 걸 알고 이러나 싶을 정도였다. 이러나저러나 승원이 손아귀에 있는 기분이었다. 우선 저번처럼 성현이와 백준이 그리고 제일 기피해야 할 승표가 있는지 주변을 살폈다.

"요새 우리 학교가 말이다. 지금은 조용하지만 아주 위태위태한 건… 모두들 느끼고 있지. 선생님들끼리 침묵으로 일관하고 있긴 하다만 다들 탐탁진 않은 모양이야. 학교로 찾아오는 학부모에… 모르쇠 넘어가는 소문들이며….”

혜성이는 점차 그의 눈동자가 서서히 풀리는 것을 보았다.

"어우. 내가 더위를 먹었나 봐. 정신을 잃을 것만 같네.”

"선생님. 이러지 마시고 얼른 들어가서 쉬세요.”

"떽! 무슨 소리야! 내 말 아직 안 끝났어.”

그는 정신을 바로잡으려 꽤 노력하고 있었다. 고개를 좌우로 빠르게 젓다가도 자신의 뺨을 가볍게 톡톡 두들겼다. 하지만 도무지 몸을 가누지 못하고 비틀거렸다.

"어우, 어지럽네. 혜성아, 나 좀 잡아 줘라. 이 더위에 벌써부터 이러다니… 아직 팔팔한데. 차 안에 좀 잠깐 들어가 있어야겠구나.”

그는 끝내 중심을 잃고 픽 쓰러졌다. 혜성이는 승표에 이어서 어느 정도 버티는 수준이 능숙해졌다. 담임의 몸을 바친 다음 손에 쥐고 있던 담배를 발로 비벼 껐다. 혹시나 누군가 볼까 봐 주변을 살핀 다음 열려 있는 차량 앞문으로 가 그를 안으로 밀어 넣었다. 그러자 승원이가 혜성이 쪽으로 걸어왔다.

"언제 따라 왔어?”

"나 안 부르고 혼자 뭐 하나 했지.”

"저도 몰랐어요!” 별안간 승원이가 허공을 보고 소리쳤다.

"혼자 오라 했지 친구를 데리고 오라 한 적은 없었어! 저 녀석은 왜 내 몸을 저리 함부로 대하는 거야!” 갑자기 쫓아온 혜성이 때문에 승원이와 영혼이 실랑이를 벌였다.

"오늘 널 부른 이유는 어제 선생님들끼리 경비원 조문을 갔다 왔기 때문이야.”

"네? 왜 진작 말씀 안 해주셨어요? 그래서 피하셨던 거예요?" 승원이가 화를 내며 영혼한테 소리쳤다.

"왜? 뭔데?" 승원이가 혜성이를 보고 상황을 설명했다.

"요 며칠 다른 영혼들을 찾아서 드문드문 대화 좀 했어. 1반 담임은 담배 태울 때 오라고 일러 줬거든. 담배는 무의식적인 상태로 태우기 때문에 육신이 모르게 영혼이 잠시 빠져나올 수 있어. 대신 피우는 시간이 길지 않아서 문제지."

"영혼한테도 영향을 미치나 봐?" 그러자 영혼이 혜성이가 듣건 말건 큰 소리쳤다.

"그렇고말고! 이 친구는 아주 당연한 질문을 하네! 몸에 좋지 않으니 태우지 말라는 게 아니야! 영혼까지 영향을 미치니까 그러는 거다. 기력이 쇠약해진다고, 빠른 속도로 얼굴이 늙게 되지. 원래는 탱글탱글한 볼에다 근육질 몸매였다고…. 이젠 치즈처럼 늘어날 정도로 탄력이 없지. 지금 내 사랑이랑 비교해 보면 연령대가 다행히 비슷해 보이지만…." 그는 백미러를 통해 자신의 얼굴을 만지작거리며 확인하더니 울상을 지었다.

"미안해. 그녀가 부탁한 거야." 영혼이 승원이를 달래며 말했다.

"왜요?"

"마지막 날에 교장 선생님이 온다고 했거든. 난 그 사람을 좀 알지. 전 성수고등학교에 있다가 왔던지라. 경비원이랑 그 둘이 자주 얘기하는 걸 봤어. 그것도 여러 번 봤었지. 게다가 음."

그는 머뭇거리다 주위를 살피곤 재빠르게 말을 덧붙였다.

"게다가 거기엔 그 사람 육체도 있잖아."

"누구요?"

"누구긴. 김그린 건축가 말하는 거지. 넌 그의 영혼만 봤을 뿐이지. 병상에 누워 있는 육신을 본 적이 있느냔 말이야. 한번 가 봐. 일석이조 아니겠니."

영혼은 불안한지 한마디 덧붙였다.

"근데 그 장례식장 각별히 조심하렴. 혼령들이 달라붙으려 할 수 있으니 말이야."

영혼은 다시 승원이를 물끄러미 쳐다보며 한마디 더했다.

"아까는 화내서 미안하다. 너랑 말하고 난 이후로부터 눈치챈 모양이야. 그가 내 주변을 맴돌더군. 어제랑 엊그제 날 좀 감시해서 그랬던 거야. 알지?"

"괜찮아요. 선생님. 이미 많이 도와주셨는걸요. 전 요새 그를 본 적이 없어서요…. 저 때문에 선생님이 고생이시죠."

승원이는 고개를 살짝 끄덕였다.

"부디 몸조심하렴. 그가 잠적하는 이유가 있을 거야."

승원이와 혜성이는 황동근 선생님이 깨어나기 전에 주차장을 빠져나왔다. 혜성이는 무슨 대화를 나눈 건지 계속 캐물었다. 궁금해 미칠 지경이었다. 저번도 그렇고 상대방이 하는 이야기가 들리지 않았고 본인은 항상 옆에서 망을 보는 일만 했기 때문이다. 끝내 승원이가 방금 전 있었던 일들에 대해 말하자 혜성이는 즉시 핸드폰을 꺼내 들며 말했다.

"또 혼자 가겠다고? 그럴 바엔 나도 따라갈래."

"안 돼. 넌 여기 있어."

"싫어! 이제 뒷산도 막았는데 계속 피해 다니고 싶지도 않아. 지금 서울로 가는 기차표랑 고속버스 알아볼게."

혜성이는 기사를 찾던 도중 한 기사를 보여 주며 말했다.

"대표 학생들만 지원해서 병문안을 올 수 있나봐. 내일 교복 입고 만나자."

Part 8
젊은 신사

　다음 날 덜컹거리는 고속버스 안에서 승원이와 혜성이는 옆 사람들의 배려로 나란히 갈 수 있었다.
　"터미널이야! 딱 맞춰 일어났어!"
　둘은 잠에서 깨어나 서둘러 짐을 챙겼다. 사람들이 하나둘 고속버스에서 내리는 모습들이 보였다. 어깨를 툭툭 치고 지나가거나, 사람들을 붙잡고 길을 묻는 할머니, 수다를 떨며 두리번거리는 사람들… 의자에 앉아 손을 내밀어 구걸하는 사람들…. 많은 인파들을 보고 있던 승원이는 갑자기 속이 메슥거렸다.
　"음. 한 시간 정도 버스 타고 가는 편이 더 좋을 것 같아. 저쪽이다!" 혜성이는 핸드폰으로 길 찾기에 여념이 없었다.
　"뭐야? 너 낯빛이 왜 이래?"
　뒤늦게 눈치챈 혜성이가 물었다. 약간 의아한 표정을 지었지만 이내 알아차렸는지 표정이 굳어졌다. 승원이는 평소 사람이 많은 곳을 피해 다녔다. 낯선 이들의 영혼 몇몇은 항상 자신을 알아보고 괴롭힌다는 것이다. 다행히 그리 멀지 않은 정류장에 바로 도착한 지선버스를 탈 수 있었다. 버스 맨 뒷좌석에 자리를 잡고 앉았다. 창문을 조금 열자 답답함이 조금 가셨다. 하지만 얼마 안 가서 멈춘 정류장에는 열댓 명 정도 되는 사람들이 줄줄이 탑승했다. 승원이는 그나마 있던 기운까지 온몸에서 빠져나가는 기분이 들었다.

"어머. 세상에나. 교복 보고 어딘가 했네. 너희 그린고등학교 학생들이니?"

교복을 알아 본 30대 후반의 여성이 그들 옆으로 앉았다.

"한때 내 친구도 그 건축가의 열띤 팬이었거든. 최근에 병문안 갔다가 인터뷰도 했는데 방송에 안 나왔다고 굉장히 속상해하더라고. 그 병원이 붐비다 못해서 통제 불가였지. 왠지 내 생각에는 걔가 방송을 한번 타보려고 그러는 거 같았어."

그녀가 깔깔거리며 웃었다. 큰 목소리에 승객들이 힐끔거리며 뒤돌아보았다.

"어머, 네 친구 괜찮은 거니? 더위 먹었나? 얼굴이 새하얗게 질렸네. 학생… 물이라도 좀 줄까?"

승원이는 식은땀을 흘리고 있었다. 그녀는 자신의 에코백을 뒤적거리더니 앞을 향해 큰 소리로 물었다.

"누구 물 있는 사람 있어요?"

과한 도움은 필요 없었다. 눈에 띄고 싶지 않아 혜성이가 고개를 저으며 정중하게 거절했다. 하지만 기사 아저씨까지 듣고서 백미러를 향해 괜찮냐고 근심 어린 걱정을 건넸다. 버스 승객 몇 명이 쳐다보며 다가왔다. 혜성이가 당황해하며 어쩔 줄 모르는 사이 버스가 멈추었다.

"비켜 주세요! 저한테 물이 있어요!"

때마침 머리카락을 말끔히 뒤로 넘긴 검은색 정장 차림인 신사가 물병을 내밀었다. 승원이는 너무 힘겨운 나머지 고맙다는 말도 없이 물을 벌컥 들이켰다. 모두가 젊은 신사를 쳐다보았다. 이 젊은 신사는 정차를 하고 나서 탑승했음에도 불구하고 하늘에서 갑자기 나타난 것일지도 모른다는 표정들이었다.

"실례지만 제가 이 아이들 옆에 앉아도 되죠?"

그녀는 매력적인 그 신사를 보고 두 눈을 끔뻑이더니 고개를 끄덕였다.

젊은 신사가 착석한 후 30대 여성과의 대화도 자연스레 끊겼다. 버스 노선 방송 소리만 나지막이 들렸다. 버스 승객이 많이 줄어들자 승원이는 조금 나아졌는지 허리를 편 채 바깥의 정경을 보았다. 혜성이는 자신의 옆에 앉아 흐트러짐 없이 정자세로 가는 남자를 힐긋 보았다. 왁스로 말끔하게 넘긴 머리가 부담스럽지 않게 각진 사각턱과 잘 어울렸다. 얼굴은 동양적인 외모로 까무잡잡하지만 곱고 매끄러운 피부를 가졌다.

"내가 신기하게 생겼나 보지?"

그가 시선을 휙 내리자 혜성이가 머쓱해하며 시선을 돌렸다.

"아. 아니요. 늦었지만 아까 감사합니다."

"뭘 물 한 병 가지고, 학생들 방학 아닌가? 교복 입고 어디로 가는 길이니?" 신사가 궁금해하며 물었다.

"보람병원이요."

"오. 그래? 잘됐네. 나랑 행선지가 같구나." 젊은 신사가 입가에 미소를 지었다. 그의 미소에 마음이 차분해지는 것 같았다. 한참 뒤 보람병원 정류장에서 하차했다.

"하. 이제야 숨통이 트인 거 같아." 승원이가 하늘을 향해 숨을 크게 들이마셨다.

"어디 갔지?!"

"누구?"

"너한테 물 준 사람 있잖아. 우리랑 행선지도 같다고 했는데…."

"안 그래도 누가 줬어? 하도 정신없어서 물을 줬는지 기억도 안 나. 감사하다는 말도 못 했는데…."

"어!? 이쪽이야!"

본관 앞에서 교복을 입은 학생 두세 명이 손을 흔들며 부르고 있었다. 교복을 입은 탓에 즉각 발견된 것이다. 아차 싶었다. 발걸음을 돌리기에는 이미 그들 주위를 호위하고 있는 경호원들조차 승원이와 혜성이를 쳐다보고 있었다. 들켰으니 일단 그쪽으로 움직여야 할 것 같았다.

"바로 들어가게 생겼네."

"속전속결이다."

그쪽으로 걸어가다 기둥 옆에 위치한 건물 안내판이 보였다. 본관 앞에 있는 화단을 축으로 해서 왼쪽으로 가면 응급실, 오른쪽에는 주차장과 장례식장이었다. 가까이 다가가니 여드름이 많은 남학생 한 명과 같은 학교 여학생이 꽃을 들고 있었다.

"오예! 다 모였다!" 여드름 많은 남학생이 혜성이와 승원이를 번갈아 보았다.

"반가워. 우린 고흥에서 왔어. 한 다섯 시간 걸린 것 같은데. 너흰?" 여학생이 주저리주저리 말하던 도중 남학생이 교복에 달린 학교명을 가리켰다.

"야. 대박. 얘네 그린고등학교잖아."

"뭐?" 여학생이 놀라 경악했다.

"너희 학교 소문 진짜야? 아직도 매년 한 명씩 사라져?" 남학생의 질문에 여학생이 다소 놀라며 그를 막았다.

"야, 넌 다짜고짜 그런 걸 물어보고 그래. 그냥 자기들끼리 하던 소리였겠지. 설마 그러겠어?" 그녀는 이렇게 말했지만 본인도 궁금했던 눈치였다.

"오호, 벌써 친해졌어? 이번엔 친화력이 좋은 애들만 모였나 보네." 다행히도 그 타이밍에 지도자가 나왔다.

"오늘 신강중학교랑 잎새고등학교 맞지?"

지도자가 혜성이와 승원이를 보며 묻다가 중학생처럼 보이지 않는 그 둘의 키를 보고 다시 쳐다보았다.

"아. 그린고등학교요. 저희도 갑자기 연락을 받았거든요."

혜성이가 얼버무리며 대답을 했다. 다소 목소리가 떨리는 바람에 불안했지만 지도자가 고개를 갸우뚱거렸다. 혹시나 이대로 돌아가진 않을까 걱정되었다. 그러나 다행히도 지도자는 승원이와 혜성이를 보고선 가져온 명단과 명찰을 확인했다. 이름을 다르게 말하려 했지만 하복에 흰 명찰이 바느질로 박혀 있었다. 미처 생각지도 못했다. 지도자는 종이를 넘겨 몇 번 펜으로 끄적이고 말했다.

"오류가 난 것 같으니 일단 나중에 확인해 봐야겠네. 나머지는 아까 확인했으니 됐고. 자, 이제부터 내 말 잘 듣고 규칙에 잘 따라야 해. 알다시피 여긴 사무실이 아니라 병원이야. 주의 사항은 로비에서 절대 뛰지 않기. 그럴 일은 없겠지만…. 그리고 병실에 들어설 경우 말할 수 있는 권한이 주어지는데, 한 명당 3분씩. 접촉은 안 되지만 침대까진 다가가는 건 허용이다."

"잉? 고작 3분이요…?" 여학생이 뾰로통한 표정을 지었다.

"아쉽지만 그 이상은 안 돼. 며칠 전 상태가 다시 악화되셨거든. 당분간 방문객을 막으려다가 그분께서 학생들은 막지 말아 달라고 하셨지. 그래서 예정된 일정만 진행하기로 했다. 너희 다음 타임인 오후시간에는 각 마을 대표가 오거든. 일정이 빽빽하신 분이야."

*

　시음행사 봉사자가 몇몇 음료를 나눠 주었다. 지도자는 학생들이 잘 따라오는지 대충 흘깃 확인한 후 앞만 보고 걸었다. 병원 1층 로비는 매끄러운 대리석으로 건물이 번쩍거렸다. 원무과를 지나 조금씩 더 안쪽으로 들어가니 신장내과, 호흡기내과가 보였다. 곳곳에 흰 가운을 입은 교수들과 그 뒤를 따르는 피곤한 기색이 역력한 인턴들이 보였다. 학생들은 견학이라도 온 것마냥 주변의 상황을 신기하게 쳐다보며 지도자 뒤를 쫄래쫄래 따라다녔다. 잎새고등학교 여학생은 가져온 종이를 들고서 중얼거렸고 남학생은 긴장됐는지 엘리베이터 층수를 여러 차례 확인했다. 의료인들이 그런 학생들의 모습이 귀여운지 미소를 보였다. 7층에서 내려 자동 유리문을 지나자 한 줄로 긴 복도가 나왔다.

　"서둘러야겠네. 얘들아, 적어도 10분 안으론 나와야 해."

　병실 앞에서 승원이와 혜성이는 은밀한 시선을 주고받았다. 어느 때보다 긴장되는 순간이다. 그의 육신은 지금 어떠한 모습으로 어떠한 마음으로 누워 있는가. 영혼이 없는 육신의 모습은 과연 어떤 모습일까. 지도자가 702호 병실 문을 아주 조심스레 열었다. 꽤 널찍하고 쾌적한 병실로 고운 흙냄새가 났다. 길게 뻗은 원형 테이블 위에 보이는 창문 밖으로 목련 나무가 눈에 들어왔다. 목련 나무, 달래 마을 수호신인 나무였다. 김그린 건축가 병실 창문에도 똑같은 나무가 있었다. 지도자는 학생들의 자리를 한 줄로 배치해준 후 아까와 다른 엄숙한 목소리로 차분하게 말했다.

　"네. 오늘 예정으론 네 명의 학생, 고흥시 잎새고등학교와 거제시 신강중학교 3학년 대표 학생 두 명이었지만 거제시 신강중학교 대표 학생들을 대신해서 강원도 태백시 그린고등학교 학생들이 참석했습니다."

승원이는 물끄러미 바라보았다. 지금 그의 영혼은 알고 있을까. 자신이 직접 보고 있다는 것을 말이다. 김그린 건축가가 호흡기에 의지한 채 누워 있었다. 지도자 말대로 악화됐다는 말이 의심될 정도로 그는 단지 깊은 잠에 빠진 사람처럼 보였다. 그의 축 늘어진 팔에 연결된 수액 방울이 폴대에서 1초 간격으로 뚝뚝 떨어졌다. 악의에 가득 찬 영혼 없이 누운 육체가 고와 보였다.
 "준비한 학생 있으면 나와서 말하렴." 그는 얼어붙은 학생들을 앞으로 조금 더 다가오라고 말한 뒤 입모양과 손동작으로 3분을 강조했다.
 제일 먼저 꽃을 들고 있던 잎새고등학교 3학년 남학생이 테이블 위에 조심스레 꽃 한 송이를 내려놓았다. 그 옆에 따라온 여학생이 준비한 글을 낭독했다.
 "안녕하세요. 김그린 건축가 선생님. 잎새고등학교에서 대표로 뽑히게 된 3학년 서남석 그리고 김홍선이라고 합니다. 오늘 저희 목소리가 기억되고 들리실 거라 믿습니다. 설레는 마음에 밤잠도 설치고 아침 일찍 기차를 타고 왔습니다. 저희 학교 수많은 학생들이 좋은 환경과 훌륭한 교육을 받으며 미래를 그려 나가고 있습니다. 저흰 이곳에 온 순간을…."
 그녀는 또렷하고 정확한 말투로 잘 이야기했다. 그때 방문이 열리더니 어떤 늙은 아저씨가 들어왔다. 직급이 높은 편인지 인기척을 느낀 지도자가 고개를 숙이자 그가 불러냈다. 둘이서 수근거렸다. 지도자가 놀란 표정으로 명단을 확인했다.
 "나가자. 혜성아." 승원이가 속삭였다.
 "들킨 것 같아."
 승원이와 혜성이는 늦기 전에 병실 바깥으로 빠져나왔다.

"깜짝이야!"

병실 문을 열자마자 있던 여학생과 하마터면 부딪힐 뻔했다. 그녀는 너무 놀랐는지 두 눈이 휘둥그레 커져 있었다. 혜성이와 승원이는 그녀를 보고 도망치듯 유리문 쪽으로 빠르게 갔다. 타이밍 좋게 엘리베이터 문이 열렸다. 아무도 없었다.

"신강중학교 여학생이었어. 늦게 왔나 봐. 아무래도 우리 사고 친 것 같아." 승원이가 말했다.

"몰라. 될 대로 되라지… 이미 들킨 이상…. 맞다. 육체는 어땠어?"

"아무 느낌 없었어. 지도자가 말하는 것 보면 어쩔 땐 깨어 있다는 소린데… 최근에 영혼들이 자신의 육체에서 나올 때 몸 안에 표식을 한다고 알려 줬어. 생각해 보니 그랬던 거 같아. 너무 오랜 시간 몸을 비워도 안 되는 거였어. 그러니까 건축가도 가끔 육신을 확인하러 오는 거야."

"아까 창문 밖에 목련나무는 봤어?"

"응. 왜?"

"우리 마을에도 있잖아. 생각해 보면 목련 나무 아래에서 있던 일들이 너무 많았어."

그들은 홀 바깥으로 조용히 나왔다. 조금만 늦었으면 그대로 들켜서 모든 게 수포로 돌아갈 뻔했다. 하지만 들킨 건 마찬가지니 이렇게 된 이상 서둘러야 했다. 걸음을 옮겨 장례식장까지 도착했다. 안내데스크로 가기도 직전 승원이가 다시 밖으로 나왔.

"왜 그래?"

승원이는 지금껏 그렇게 많은 혼령을 본 적이 없었다. 황동근 선생님의 영혼이 주의를 주긴 했지만 이 정도일 줄은 몰랐던 것이다. 안에 들어선 잠깐 동안 받은 시선에 발끝부터 전율이 오르더니 등골이 오싹했다. 혼령들은 흐느끼거나 지나다니는 사람들 사이에서 튀지 않으려 숨어 있었고 두 다리는 흐릿해서 잘 보이지 않았다. 그 수를 파악하지는 못했어도 전부 자신을 보고 있다는 느낌은 단번에 느낄 수 있었다.

"생각보다 혼령들이 꽤 많은 것 같아. 오기 전에 혼령들을 조심하라고 했는데 이 정도일 줄이야."

"뭐? 아니, 그걸 왜 지금 말해."

"나도 이렇게 많을 줄은 몰랐어. 그냥 여기서 교장 선생님이 나올 때까지 기다려 볼까?"

"미쳤어? 지금쯤이면 로비에서 난리도 아닐걸? 여기가 더 안전할 수도 있어. 됐어. 그냥 들어가자. 우리한테 무슨 짓 하는 것도 아니잖아. 그냥 우우우 하고 돌아다니는데…." 혜성이가 손을 앞으로 뻗더니 눈을 게슴츠레 뜨며 말했다.

"영혼과 혼령은 적대적인 관계래."

"그건 영혼이지. 우리가 영혼은 아니잖아. 뭐야. 이럴 땐 내가 나서야겠다." 혜성이가 어깨를 으쓱여 보였다.

"워!"

그 순간 누군가 어깨를 툭 밀쳤다. 아이들은 까무러치게 놀랐다.

"뭐 이리 놀라. 아니 죄라도 졌어?" 얼굴이 큰 아저씨가 불뚝 나온 배를 잡고 껄껄 웃었다.

"이런 데는 어쩐 일로 왔대?"

"조… 조문 왔어요."

"그럼 여기서 쭈뼛대지 말고 들어와야지. 내가 도와주마."

그는 뒤에서 힘으로 떠밀며 억지로 끌고 갔다. 로비에서 사람들은 수군 거리거나 흐느껴 울기도 했다. 흐느끼는 소리 사이로 그들을 따라 하듯 놀리는 소리가 들렸다. 승원이는 최대한 고개를 숙이고 걸었다.

"이봐, 여기 학생들이 조문을 왔대." 아저씨는 데스크 위에 한 손을 올리고 물었다.

"고인 이름이 뭐죠?" 안내데스크 직원이 혜성이를 향해 물었다.

"어… 저…." 혜성이는 적잖이 당황했다.

승원이를 슬쩍 보니 몸을 떨고 있었다. 그 자리에서 잠깐 도망칠까라는 생각을 했지만 아저씨가 그 마음을 알았는지 자신의 팔목을 세게 움켜쥐었다. 그러고 보니 이 사람은 누구길래 이러는 걸까?

"여기 있었구나. 얘들아!"

누군가 아는 척 인사를 했다. 이곳에 아는 사람이 있을 리가 없어 얼굴을 확인해 보니 젊은 신사였다. 그의 각진 턱을 보고 단번에 알아차렸다. 그의 등장과 함께 이 안을 돌아다니던 혼령들 전부가 모습을 감추자 승원이도 고개를 들고 확인했다.

"감사합니다. 안 그래도 제가 이 학생들을 한참 동안 찾고 있었거든요."

젊은 신사의 등장에 덩치 큰 아저씨의 표정이 싹 굳어졌다. 그는 젊은 신사를 향해 불쾌한 내색을 보였다.

"동행이 있었구나? 그럼 진작 말을 하지."

그가 험상궂은 표정으로 젊은 신사를 쳐다보았다. 이에 젊은 신사는 턱을 내리고 무언의 눈빛을 보냈는데 위협적이었다. 그러자 아저씨는 깨갱 하며 눈을 내리깔고 구시렁거리면서 자리를 피했다. 그 잠깐 사이에 어찌나 세게 움켜쥐었는지 아이들의 팔목이 빨갛게 자국이 났다. 젊은 신사는 그 둘의 어깨를 감싸며 자리를 이동했다.

"저분한테 뭐라고 하신 거예요?" 혜성이가 묻자 젊은 신사가 웃으며 말했다.

"그냥 인사를 건넸을 뿐이야."

"아는 분이세요?"

"조금? 홀에서 혼령들을 관리하거든. 방금 전에 혼령들한테 너희 위치를 가르쳐 주고 있더라고."

"저 아저씨가요?" 승원이가 놀라서 물었다.

"그래. 우리끼린 양치기 바론이라 불러. 악한 혼령들을 몰고 다니는 걸 좋아해. 바론은 자기가 모습을 드러내고 싶을 때만 사람들 앞에 모습을 드러내. 이야기 하나 더 해주자면 바론뿐만 아니라 장례식장에선 떠도는 혼령들을 조심해야 해. 인간의 영혼이 약해졌을 때 갈기갈기 찢어 버리고 육체를 탐하거든."

또박또박한 말투나 목소리, 어감에서나 설명하는 그의 눈빛에서도 승원이는 어디선가 봤던 사람처럼 친숙한 느낌이 들었다. 나이는 어림잡아 30대 중반쯤 보였다. 분명 오늘 처음 보는 사람이겠지만 그의 각진 턱이 왠지 익숙했다.

"그건 그렇고 그녀를 만나러 가는 거니?"

젊은 신사가 다정하게 물었다.

"네?"

승원이가 움찔했다.

"만나서 반가웠어. 또 보자. 조심히 들어가고."

Part 9

쫓고 쫓기는 추격전

 젊은 신사가 가고 난 후 둘 다 그에 대한 여운이 가시질 않았다. 지나다니는 사람들로 주위가 어수선해지자 정신을 먼저 차린 혜성이가 승원이를 건드렸다. 큰 화단 앞에 있던 어떤 남성이 조문객들한테 가볍게 인사하고 있었다.
 "경비아저씨 둘째 아들이래. 똑 닮으셨다."
 승원이가 그 앞을 지나가며 속삭였다.
 뒤에서 젊은 신사가 계속 밀어 주는 것만 같았다. 사람들을 따라 조금 더 안쪽으로 들어가서 검은 정장을 입은 사람들이 있는 줄 뒤로 자연스럽게 섰다. 앞사람들이 나란히 줄을 서고 있지 않아서 얼마나 남았는지 잘 보이지 않았다. 혜성이와 승원이가 이야기를 나누는 도중 이를 발견한 둘째 아들이 그린고등학교 학생이냐며 아는 척을 했다. 그는 학생들이 직접 조문을 온 것에 대해 좋아하더니 앞쪽으로 걸어가 사람들한테 양해를 구했다.
 "난 교장 선생님만 보고 있을게." 혜성이가 속삭였다.
 가지런히 신발을 벗고서 그의 빈소에 발을 디뎠다. 오른쪽엔 경비아저씨의 아내가 보였다. 손수건으로 눈물을 훔치며 한 손으로 첫째 아들의 세 살배기 손녀딸을 어루만져 주고 있었다. 고개를 숙인 첫째 아들도 보였다. 아이들은 김근식 교장 선생님을 고민할 것도 없이 바로 찾았다. 조문객들 중 신체가 땅딸막한 사람이 두 아이를 보고 입을 다물지 못하고 있었다.

그는 겁먹은 강아지마냥 눈꺼풀을 파르르 떨었다. 더 관찰하기도 전에 그가 시선을 피해 버렸다. 고개를 숙인 그의 머리는 다소 어색해 보였다. 가발이었다. 벌써 눈치를 챈 아이들이 서로를 향해 고개를 끄덕였다. 제단 한가운데에 경비아저씨 사진이 있었고 천장으로 향이 피어올랐다.

'저 왔어요. 선생님.'

승원이는 마음속으로 인사를 건넸다. 사진 속 그의 얼굴을 물끄러미 바라보는데 그의 눈동자가 끔뻑거리며 움직였다.

'세상에. 왔구나. 이 예쁜 것!'

사진 속에서 희끄무레한 영혼의 형체가 미끄러지듯이 나와 승원이를 꼬옥 끌어안았다. 전과 달리 그녀의 품은 정말 따뜻했다. 이젠 그 누가 그녀를 보고 나약한 영혼이라 말할까.

'네 친구도 같이 왔구나! 둘에서 이 먼 거리를 어떻게 온 거야. 혹시나 했는데… 황동근 선생이 과연 전달했을까 걱정했지. 정말 마지막까지 고마운 영혼이구나. 꼭 감사하다고 전해 주렴. 오 아가, 우는 거니?'

승원이의 눈에서 눈물이 뚝뚝 떨어졌다.

'선생님. 이제야 마음이 놓이네요.'

'네 덕분에 편히 잠들 수 있어. 눈을 떴을 때 곧장 그 여학생을 만나게 해달라고 부탁할 거란다. 지금 뭐랄까. 너무 기뻐서 정신이 없구나. 기쁘기도 하고 슬프기도 하고 내 평생 살면서 느꼈던 감정들이 수차례 번갈아 가면서 느껴지고 있지. 좋았다가… 슬펐다가… 참. 웃길 노릇이네.'

'다행이네요.'

'나 없이 남겨질 내 가족들이 걱정이야. 잠시만….'

영혼이 자리에 힘없이 앉아 있던 아내 앞으로 걸음을 옮겼다. 승원이의 시선도 따라가자 교장 선생님이 급히 고개를 숙였다.

'이 사람이 내 아내란다. 널 진작 알았더라면 이렇게까지 되진 않았을 테니까.' 그녀가 깊은 한숨을 내쉬며 얼굴을 감싸고 고개를 들었다. 그러자 그녀의 모습이 경비원의 목소리와 얼굴로 변하였다.

'당신을 두고 갈 생각 하니… 정말 이 마음이 편치 않아.' 아내의 육신에 이마를 갖다 대고 이어서 말했다.

'얼굴 좀 보여 다오. 내 사랑하는 아내. 나한테 충분히 화가 났지. 하지만 순수하고 깨끗한 영혼을 가진 학생들이 고통받는 걸 어찌 보고도 모른 척할 수 있겠어. 당신도 알잖아. 내가 학생들을 얼마나 사랑하고 아꼈는지…. 항상 정직하게 살라는 말이 영혼들을 위하는 말이라고 당신이 말했잖소. 더 이상 나를 원망하지 말아줘. 그래도 육신은 이곳에 남아 있고 당신을 사랑하는 마음도 이곳에 두고 갈 테니까….'

물끄러미 그를 올려다보고 있는 아내의 뺨을 타고 흐른 눈물은 메말라 있었다. 영혼이 그녀의 이마에 가벼운 입맞춤을 해주고 두 손을 모아 입김을 불자 둥그런 그릇이 생겼다.

'갈 때까지 이럴 거야? 당신을 위한 선물이야.'

육신 속에서 아내와 닮은 희끄무레한 영혼이 나타났다. 그 영혼은 경비원의 영혼이 건네준 그릇을 받고 마셨다.

'이 못난 사람아. 가서 편히 쉬어요. 당신 몫까지 열심히 살다 갈 테니까…. 내 자리 남겨 두고.'

'당신은 잘 해낼 거라 믿소이다.' 그들은 끌어안았다. 그러자 경비원 영혼의 몸체에서 파란 빛이 핏줄처럼 새어 나오더니 아내의 몸을 타고 흘렀다.

'방금 아내분한테 드린 그릇은 뭐예요?' 인사를 끝낸 영혼이 가까이 다가

오자 승원이가 물었다.

'영혼끼리는 눈에 보이지 않는 감정을 서로 교환한단다. 죽기 전 영혼들은 마지막으로 상대방한테 평생 동안의 자신의 감정을 건네주기도 하지. 난 감정이 많았기에 그릇에 담아준 거란다. 쉽게 말하자면 알지 못했던 감정을 영혼들끼리 공유하는 방법인 거지. 보통 '감정의 실'이라고 부르는데 상대방의 마음을 이해하기 위해 영혼끼리 소통하는 행위란다.'

'공감 능력과도 같은 거네요?'

'그래. 맞아. 감정은 한정적일 수밖에 없어. 삶에서 겪은 경험은 그리 다양하지 못하기 때문이야. 아, 이래도 될지 모르겠지만 너한테 마지막 부탁이 있단다.'

'선생님 부탁이면 뭐든지요.'

'이 얘기를 하다 보니 나한테 감정의 그릇을 줬던 그 친구가 생각나는구나. 눈을 떴을 때 없으면 어쩌나 걱정이 돼서 말이지. 혹시나 혼령이 되어 있을까 봐 걱정되거든…. 저번에도 말했듯이 내가 가장 가까이에서 지켜봤단다. 주변 학생들이며 선생님들이며 주위 사람들의 매서운 눈빛 속에서 견뎌야 했어. 등교할 때 뒤에서 숙덕대던 무리들이나 체육 시간에 욕지거리를 하던 애들의 행동이 뚜렷하게 기억나는구나. 몹쓸 놈들…. 자신한테 오는 부당한 시선을 매일 견뎌야 했지. 감정의 그릇을 마셨을 땐 목이 타들어갈 듯 고통스러웠단다. 분통함과 악의에 찬 감정이 한순간에 느껴졌지.'

'꼭 만나러 가볼게요.'

영혼과의 대화가 끝나자 때에 맞춰 교장 선생님이 밖으로 나갔다. 혜성이가 뒤따라 나가자 영혼이 아차 싶었는지 말을 덧붙였다.

'아가, 얼른 따라가. 내가 널 보고 왜 놀라지 않을 수 없었는지, 당장 쫓

아가서 들으렴. 어차피 오늘까지는 여기 있기로 했으니 멀리 벗어나진 못할 거야.'

'정말 감사드려요. 선생님. 잊지 않을게요.'

'네 친구도 꽤 용감하네. 그때 저 아이가 왜 영혼을 봤는지는 나도 모르겠지만. 너한테 어떤 영향을 받고 있을지도 모르겠구나.'

승원이는 마지막으로 고개를 정중히 숙이고 인사한 후 신발을 신고 나왔다. 혜성이가 승원이를 보고서 안절부절못했다.

"야! 승원아. 이쪽이야. 날 보고 도망갔어!"

"얼마나 남았어?"

혜성이는 이내 시간을 보고 소리 없는 아우성을 질렀다.

"세 시간 남았다."

반드시 그를 잡아야 했다. 이곳에 온 이유는 오로지 하나였다. 로비 안으로 앞서가려는 승원이 뒤에서 혜성이가 붙잡았다.

"잠깐만… 뭔가 이상하지 않아? 아무도 없어."

로비가 텅 비어 있다. 이상하리만치 불길한 기운이 발목 아래에 잠들어 있는 듯했다.

"어이 학생들, 잘 만나고 왔는가?" 바론이 껄렁거리며 층계 위에 기대 있었다.

"아, 테가를 쫓는구만? 나이스 타이밍이야. 방금 전에 나갔거든. 그 누구보다 빨랐지. 익히 들었지만 이 정도로 빠를 줄이야. 그래도 너흰 용감한 편이네. 실제로 만나게 될 줄은 몰랐거든. 정말 영광이야. 아직은 힘이 없겠지만 말이지."

"바론? 네가 바론이야?" 승원이가 경계하며 물었다.

"세상에. 벌써 내 이름을 알아주다니. 감사히 생각할게. 아주 잠깐 이곳에 들르길 잘했어. 내 친구들이 이미 냄새를 맡은 것 같더라고. 여기 모이게 친구들! 아주 신선한 고기를 데리고 왔어! 굶주린 너희들의 배를 채워줄 싱싱한 고기라고!"

바론이 큰 목소리로 외치며 그 거대한 몸뚱아리를 이용해 손을 좌우로 휘저었다. 그의 큰 동작에 겁먹은 아이들은 한 발자국 뒤로 물러섰다. 온몸에 소름이 쫙 돋은 혜성이는 상황이 보이지 않았기에 승원이를 흘깃 쳐다보았다. 양옆으로 휙휙 고개를 움직였다. 어림잡아 꽤 많은 혼령들이 이곳에 모였다는 것을 알 수 있었다.

"너흰 이제 못 가."

그가 나지막이 말하며 사방에 흩어진 혼령들에게 지시하듯 손을 활짝 뻗었다. 로비 안에는 단지 세 사람뿐이었지만 발바닥이 진동을 했고 큰 울림이 가슴까지 느껴졌다. 발끝에서부터 온몸 전체에 오싹한 전율이 일었다. 승원이는 처음으로 겁에 질린 비명을 내지르며 혜성이를 끌고 유리문을 박차고 나왔다. 무슨 영문인지 나가는 동안까지 팔을 사정없이 휘저으며 소리를 질러댔다.

"미친 것들아 꺼져!"

밖으로 나왔을 때 열댓 명의 신음 소리와 비명 섞인 목소리가 등을 떠미는 것만 같았다. 오후의 내리쬐는 햇빛은 시야를 흐리게 했다. 누가 보든지 말든지 둘 다 정신없이 본관 앞까지 달렸다. 그런데 이게 웬일인가! 본관 입구 앞에 초조한 듯 서 있는 김근식 교장 선생님을 발견한 것이다. 그는 겁에 질려 빠른 속도로 달려오는 승원이와 혜성이를 보고 화들짝 놀라더니 경호원 두 명을 밀치고 건물 안으로 들어갔다. 그의 반응에 두 경호원은 학생들을 확인했는데, 승원이와 혜성이는 걸음을 멈출 수 없었다.

"거기 안 서!"

바론이 혼령 두 명과 용케도 쫓아왔다. 쩌렁쩌렁한 바론의 목소리에도 지나가는 사람들이 쳐다보지 않는 것을 보아하니 지금은 사람들에게 보이지 않도록 모습을 감춘 듯했다. 그러다 불현듯 혜성이는 사람들이 보지 못하는 바론을 본인은 보고 있다는 것을 느끼고 또 한 번 놀랐다. 혜성이와 승원이가 얼른 본관 입구로 들어서려 하자 경호원 둘은 기다렸다는 듯이 그들을 가로막았다.

"이 녀석들 드디어 잡았네. 여기 본관 입구입니다."

무전기에서 지지직 소리가 났다.

"그 녀석들 딱 잡아놔!" 지도자가 호통을 쳤다.

그런데 경호원은 그다음 말을 잇지 못했다. 눈빛이 흐리멍텅해졌고 또 다른 한 명은 정신이 몽롱해진 상태가 되어 버렸다. 별안간 승원이가 그들을 밀치고 안으로 들어갔다. 이제 오고 가는 사람들을 신경 쓸 겨를이 없었다. 저 멀리 에스컬레이터에서 사람들 사이를 바삐 올라가는 땅딸막한 남성을 발견했다. 다급한 마음에 천천히 걷는 것도 잊었다. 꽤 많은 사람들이 로비에 있었기 때문에 휠체어를 탄 사람들과 목발을 짚거나 폴대에 의지한 채 걷는 사람들을 요리조리 피했다. 그 바람에 질서가 깨지고 주변에 있던 환자들과 보호자, 의사 등등 너나 할 것 없이 전부 승원이와 혜성이를 쳐다보았다.

"아주 예의 없는 학생들이구만!"

"얘들아! 여긴 병원이다. 병원!"

"저쪽이야!" 바론이 두 혼령을 향해 소리쳤다.

정신을 차리고 들어온 경호원들도 호루라기를 있는 힘껏 삑 불었다. 그러자 두 혼령들이 경호원들 옆에서 입을 벌린 채 날아왔다. 잠깐 뒤돌아본 승원이는 그 광경을 보고 경악했다. 두 혼령들이 경호원들을 앞질러 빠른 속도로 거의 코앞까지 이르기 직전이었다.

"숙여!"

승원이의 다급하고 우렁찬 외침에 호통 치던 사람들이나 수군거리던 사람들, 그 주위에 있던 모두가 고개를 숙였다. 그 위로 두 혼령들이 속도를 멈추지 못하고 앞으로 쭈욱 미끄러졌다. 승원이가 그쪽을 보고 환한 미소를 보였다. 그러나 설상가상의 최악의 상황이었다. 그곳에 있던 사람들이 혼령들의 냉랭한 바람을 느껴 버린 것이다. 사람들은 얼굴이 새하얗게 질린 채 심상치 않은 기운에 웅성거리더니 이 기이한 광경을 핸드폰에 담으려 했다. 이젠 승원이와 혜성이의 작은 행동에도 피하거나 소리를 지르며 덩달아 고개를 숙였다. 분위기마저 어수선해지자 경호원들은 무전기를 통해 급히 요청을 했다. 아이들은 고개를 푹 숙인 채 방향을 바꿔 엘리베이터로 향했다.

"와. 이게 무슨 난리야. 아까 사람들 표정 봤어? 아무리 생각해도 교복을 괜히 입고 온 것 같아." 간신히 탄 엘리베이터 안에서 혜성이가 앓는 소리를 내며 주저앉았다.

"아니야. 나 때문이야. 내가 미쳤지. 다 숙이라고 했잖아." 승원이가 이마에 흐르는 땀을 닦아 내며 말했다.

"그런데 다들 에구머니나 하고 숙였지." 혜성이의 말에 승원이가 웃음을 터뜨렸다. 혜성이도 웃음이 터졌다. 한숨을 돌리던 찰나 엘리베이터가 멈춰 섰다. 타는 사람이 없는데도 문이 열렸다 닫혔다 하더니 다시 덜컹거리며 문이 열렸다. 이게 무슨 귀신의 장난인가. 그들은 주춤거렸고 주위를 살폈다.

"잡아!" 별안간 엘리베이터 안에서 바론의 목소리가 귀가 따가울 정도로 울렸다. 무슨 일이지? 혜성이가 상황을 파악하기도 전에 승원이가 바닥을 이리저리 밟기 시작했다.

"빨리 아무 층이나 눌러!"

쫓아온 두 혼령들이 바닥을 뚫고 손을 내밀고 있던 것이다. 혜성이는 7층 버튼을 누르고서 닫기 버튼을 죽기 살기로 눌러댔다.

*

다행히 5층에서 혼령들이 순식간에 모습을 감추었고 아이들은 안전히 7층에 도착했다. 병실 복도로 이어지는 자동문을 열자 수군대는 사람들 소리가 들렸다. 무슨 일인지 확인하러 조심스레 그쪽으로 걸어가 보았다. 복도에 위치한 702호 앞에 지도자를 포함한 네다섯 명 정도가 모여 있었다. 그들이 알아보지 못할 거리쯤에 서서 조용히 들었다.

"네. 이장님. 말했다시피 그린고등학교 학생들이 방금 전까지 로비를 헤집고 다녔다니까요? 금시초문입니까?"

"그럴 리가… 이곳에 올 리가 없습니다. 더군다나 교복까지 입었다고?" 달래 마을 이장이었다. 그는 한껏 멋을 부렸다.

"아직 순서도 되지 않았는데 규정을 무시하고 오다니요. 이장님. 그건 너무하지 않습니까? 뒤늦게 온 신강중학교 학생은 얼마나 억울했겠어요."

"하하… 진정들 하시고 이장님들…." 이장이 어울리지 않는 호탕한 웃음을 터뜨렸으나 목소리는 그러하지 못했다.

"그러게요. 그린고등학교 학생들은 제외 아니었나요? 학생들이 안 하겠다고 했던 것 같았는데… 불량한 학생들 아닐까요?"

"달래 마을에는 그런 애들 없습니다." 이장이 단호하게 대답했다.

"저는 멀리서 왔다는 생각에 두 명 정도니 들여보내긴 했는데 제 잘못도 있긴 합니다만… 지금 학생들이 어디로 갔는지를 몰라서… 찾는 즉시 말씀드리겠습니다." 달래 마을 이장이 약간 곤란해지자 지도자는 나름 그 상황을 중재시키려 했다.

"찾게 되면 나한테 연락 좀 해줘요. 제가 직접 그 학생들을 만나서 따끔히 혼낼 테니까."

"일단 진행하겠습니다. 우선 각 마을…."

이제 이 사태를 모면하기엔 이미 글렀다는 생각이 들었다.

"내일 기사나 신문에 우리 이름 올라오면 어쩌지?"

"몰라, 두고 봐야지."

그들이 막 고개를 돌리려던 순간 누군가 몸을 휙 돌리더니 빠른 걸음으로 자동문을 열고 나갔다. 땅딸막한 몸체와 어색한 가발이었다. 독보적인 실루엣에 아이들은 즉각 쫓아갔다. 유리문이 열리자 엘리베이터 앞에 김근식 교장 선생님이 초조하게 발을 구르고 있었다. 흰 남방이 땀에 흠뻑 젖어 속살이 훤히 비쳐졌다.

"김근식 교장 선생님?" 혜성이가 물었다.

"어이고 깜짝이야!" 그가 몸을 어찌나 크게 움찔거리는지 한 걸음 뒤로 성큼 물러섰다.

"사, 사람을 잘못 봤구나."

그는 어색하게 대답하며 엘리베이터에 올라탔다. 아이들도 역시 그를 따라서 탔다. 침묵이 흐르는 동안 그는 안절부절못하더니 두 엄지손가락을 맞대어 콕콕 찍었다.

"또 도망가시게요?" 혜성이가 물었다.

"뭐? 넌 어른한테 못 할 말이 없구나!" 그는 돌연 큰소리를 치며 시선을 회피했다.

'띵동'

엘리베이터가 1층에서 멈추었다. 예상대로 그는 문이 열리는 순간 짧은 다리로 통통 뛰어갔다.

"선생님!"

아이들은 무작정 그를 뒤쫓았다. 대체 왜 이렇게까지 도망 다니는지 이젠 궁금할 지경이었다. 이미 버스 시간은 놓쳤을뿐더러 그와 대화하지 않는 이상 영영 모를 일이었다. 둘은 지구 끝까지 따라갈 기세로 악에 받쳐 쫓아갔다. 나중에 크게 혼이 나더라도 오늘 했던 고생들이 헛되지 않게 뭐라도 얻어 가기 위해서였다. 하지만 이미 로비에 배치된 몇몇 경호원들이 두리번거리다 아이들을 덥석 잡았다.

"이 자식들이, 아까 어딜 도망갔었어!?"

"이것들이 어른들을 우습게 보나! 지금 상황이 얼마나 심각해졌는지 알아?" 한 명이 즉각 무전기를 입에 가져다댔다.

"네. 여기 있습니다. 본관 입구입니다."

혜성이는 그런 와중에도 혹시나 그를 놓쳤을까 살폈다. 저 멀리 교장 선생님이 걸음을 멈춰서 그들을 향해 손을 흔들며 장례식장과 주차장이 있는 길로 걸어갔다.

"어? 잠깐만요!"

그때 본관 쪽에 있던 정류장에서 누군가 앙칼진 목소리로 소리쳤다. 아까 702호 문 앞에서 부딪힌 신강중학교 여학생이었다. 얼핏 봐도 단단히 화가 난 표정이다. 여학생의 부름에 경호원들이 잠시 그쪽을 쳐다보았다. 승원이가 힐끔 쳐다보더니 소리쳤다.

"밀어!"

경호원 두 명이 빠르게 손을 뻗었지만 혜성이와 승원이는 상체를 옆으로 비틀어서 날렵하게 빠져나왔다. 경호원들의 호루라기 소리에 느긋하게 신호등을 건너려던 교장 선생님이 고개를 휙 돌렸다. 그는 크게 놀라더니 주차장 쪽으로 헐레벌떡 달렸다. 혹시나 이대로 차를 타고 도망가기라도 한다면 여태 했던 고생들이 수포로 돌아갈 것이다. 둘은 전속력으로 달려 신호등에서 멈춰 섰다.

"야, 너희들 미쳤어! 간 떨어질 뻔했잖아!"

안내원이 호루라기를 불며 제지했고 화가 난 운전자가 유리창을 내리고 소리쳤다. 하지만 얼른 건너야 했다. 지상 주차장 입구에서 김근식 교장 선생님이 시야에서 사라졌다. 장례식장에 위치한 주차장과 지상 주차장 입구에서 차량이 끊임없이 들어오고 나가고를 반복했다. 주차 안내원은 잠시만 기다리라면서 도무지 보낼 생각이 없어 보였다.

"빨리 잡아야 해. 여기서 도망가기 전에."

뒤에서 주차 안내원이 호통을 쳤지만 신호를 무시하고 달렸다. 지상 주차장 입구는 하나였다. 하지만 주차장 입구부터 양옆으로 줄지어진 차량의 수가 어마어마했다. 무려 수십 대가 넘었다.

"내가 여기 있을 테니까. 쭉 찾아봐." 혜성이가 말했다.

"뭐?"

"빨리! 도망가기 전에."

승원이는 몸을 굽혀 차창 안을 신속하되 꼼꼼하게 살피기 시작했다. 차량 옆 라인으로 가서 확인한 후 다음 줄로 빠르게 넘어갔다. 벌써 10대의 차량 안을 확인했음에도 그가 보이지 않았다. 더군다나 뜨거운 햇볕 때문에 차량 안이 잘 보이지 않았다. 봤던 차량으로 다시 와서 시동 거는 소리가 들리는지도 확인했다.

"이건 불법이야! 다들 학생 대표로 뽑혀서 먼 거리를 힘들게 왔는데 들어가지도 못했어! 이건 말도 안 되는 일이라고!"

언제 또 따라왔는지 주차장 입구 쪽에서 신강중학교 여학생이 팔짱을 낀 자세로 소리를 질러댔다. 사람들이 쳐다봐도 부끄러운 내색도 없었다. 그녀의 씩씩거리는 숨소리가 들렸다. 다행히 혜성이는 그녀를 피해 숨은 듯했다.

"나한테 해명하지 않은 이상 여기서 지키고 있을 거야! 여기 있다고 말해 버릴 거야!"

그녀는 입구 쪽에서 지나가는 차량 안을 확인하고 있었다. 초조한 마음에 승원이는 다시 몸을 굽히고 움직였다. 그런데 갑자기 누군가 자신의 어깨를 잡고서 홱 돌렸다. 김근식 교장 선생님이다. 하얀 와이셔츠가 흠뻑 젖은 채 그의 다른 두 눈도 승원이를 보고 있었다.

"이곳엔 왜 온 거야 멍청한 녀석아!" 그가 작게 소리치곤 승원이의 두 눈을 뚫어지게 응시하더니 두 눈으로 말을 전달했다.

'난 널 못 도와줘! 아니 안 도와줄 거다.'

'절 아세요?' 승원이가 묻자 그는 잠시 고민하는 표정을 짓더니 고개를 미세하게 끄덕였다.

'방금도 말했다시피 난 도와줄 생각 없어. 말했다. 더 이상 연관되고 싶지 않아.'

"뭐라고요!? 여길 거의 세 시간이나 걸려서 왔단 말이에요!" 승원이가 입밖으로 소리 내자 교장 선생님이 놀라 입을 틀어막았다.

'니들이 갑자기 찾아와 놓고선 그건 무슨 소리야!'

"뭐야! 속삭이는 소리 다 들려! 빨리 나와!" 신강중학교 여학생이 입구에서 조금씩 안으로 들어오기 시작했다.

"자… 이럴수록 침착해야지. 그러니까. 우선 네 친구부터 구하고…."

그는 자연스럽게 표정을 바꾸고 태연하게 일어나 차량에 탑승해 시동을 걸었다. 문을 닫는 소리에 여학생이 이쪽을 쳐다보았다.

"빨리 타. 빨리." 김근식 교장 선생님이 창문을 내린 후 손을 빠르게 휘저었다.

"무슨 상황인지 설명이라도 좀 해주세요. 절 어떻게 알고 있고 어떻게 저랑 연관이 없는 교장 선생님도 영혼을 보는지 말이에요." 승원이가 뒷좌석에 탑승하면서도 끈질기게 묻자 그가 고개를 세차게 저었다.

"아니! 일단 고개부터 숙여 이 녀석아. 우선 네 친구부터 찾으려면 여길 좀 둘러봐야 해."

차량이 앞으로 조금씩 나오자 여학생이 차창 안을 힐끗 보고 고개를 다시 돌렸다.

"와… 저 아이, 꽤 귀가 밝네. 호기심에 찬 영혼 좀 보렴. 꽤 성격이 있는 친구야."

그의 차량은 입구 밖으로 나가지 못하고 주차장을 한 바퀴 돌았다. 그런

데도 혜성이가 보이지 않았다.

"이제 말해 주세요. 네?" 승원이가 또 되묻자 그는 한숨을 크게 내쉬고 말했다.

"난 네 할아버지와 소싯적에 가까운 사이였어. 내가 존경했던 사람이었거든. 쨌든 제대로 도움 받고 뭐라도 알고 싶으면 나 말고 너희 할머니한테 직접 들어." 백미러를 통해 승원이가 넋이 나간 표정으로 쳐다보았다.

"저희 할머니는… 병원에…."

"찾았다!"

그가 갑자기 급정거를 하는 바람에 승원이는 앞좌석에 코를 박고 앓는 소리를 냈다.

"빨리 타 빨리. 너 때문에 애 코가 내려앉았어!"

그가 손을 휘젓자 혜성이는 아주 조심스럽고 빠르게 승원이 옆에 앉았다. 뒤돌아보니 여학생이 뒤에서 얼굴을 쭈욱 내밀었다. 자꾸만 주차장을 맴도는 차량이 수상했던 것이다. 1초라도 늦었다면 걸리고도 남았을 것이다. 차량은 주차장을 벗어나 병원 건물 밖으로 나왔다.

"애들아, 그만 좀 쳐다봐라. 이러다간 오늘 안으로 내 얼굴에 구멍이 날지도 모르겠구나. 친구 이름은 뭐야?"

"최혜성이요."

"그래. 혜성아, 네 옆에 손수건 좀 줘 봐. 에어컨을 틀어도 더워 죽겠네. 너희 덕분에 오늘 평생 뛸 운동은 다 했다. 다 했어."

이 말을 하고 나선 그는 가발을 훌러덩 벗었다. 하마터면 아이들은 웃음이 터질 뻔했다. 그는 손수건으로 이마와 머리를 한번 슥 닦아 뒤로 넘겼다. 승원이가 질색한 표정으로 손수건을 손톱 끝으로 받았다.

"이상하게도 받네. 거기다가 뒤."

"어디 가는 거예요?" 승원이가 물었다.

"한 시간 뒤에 역에 도착할 거야."

"네? 저희 버스 놓쳤어요. 하루만 같이 있어 주시면…."

"내가 왜!" 그가 버럭 성을 냈다.

"그럼 다음 기차표라도 있는 거예요?"

"아니? 그건 너희가 가서 알아서 해야지."

"네? 너무하시네요!" 혜성이가 소리치자 그가 지지 않고 더 큰 목소리로 소리쳤다.

"내가 뭘 너무해! 말도 없이 무작정 찾아온 너희들이 너무하지! 무례한 것들!"

그는 입 안에서 구시렁거리다 거울을 통해 아이들을 슬쩍 쳐다보곤 아무 말도 하지 않았다.

"어디까지 알고 계세요?"

"몰라."

"왜 저희를 계속 피하셨던 거예요?"

"몰라."

"뭔가 알고 계시는 거죠?"

"몰라! 이제 대답 안 해!"

쏟아지는 질문 공세에도 그는 단 한마디도 하지 않았다. 참다못한 혜성이나 승원이가 번갈아 소리를 지르며 물어볼 땐 잠시 무섭게 노려보았을 뿐이다. 용산역 앞에 6시가 넘어서 도착했다. 그는 아이들이 내리자 쌩하고 가버렸다.

"선생님!!" 승원이가 온몸에 핏대가 설 정도로 매정하게 간 차를 향해 소리쳤다.

"하. 짜증나. 이미 차 놓쳤어. 일부러 빙 돌아간 게 분명해." 혜성이가 울상을 짓자 승원이가 쳐다보았다.

"교장 선생님한테서 도움을 많이 얻을 거라고 했는데…."

"저 사람은 교장 선생님이라는 명칭도 아까울 사람이야."

"우리 할아버지와 아는 사이래."

"할아버지?"

"응. 할아버지랑 가까운 사이라고 했어. 존경했었대. 우리 할아버지가 내 비밀을 알고 계시거든."

"참나. 그러면서 우릴 이렇게 대해? 저 사람 때문에 어디서 묵을 데도 없고, 역 안에서 노숙할 판이야." 혜성이가 크게 좌절했다.

"지금 버스랑 기차표 없어?"

"있으면 뭐 해, 돈도 없어. 잘 곳이나 빨리 찾아보자. 배고프다. 정말 끔찍한 당일치기야. 핸드폰 배터리도 얼마 안 남았어. 엄마한테 전화 좀 할게."

"그래. 이왕 여기까지 온 이상 일단 잘 곳이나 찾아보자."

이제부턴 모두 운에 맡기는 법이다.

Part 10

겁쟁이 테가

  낯선 곳에서 도움을 청할 사람을 찾기란 쉽지 않았다. 시중에 돈을 챙기지 못한 것을 크게 후회했다. 생각해 보니 이곳에 온 이유가 딱히 뚜렷하지도 않았다. 과연 친구들을 구할 수 있을까라는 걱정이 앞섰다. 어쩌다 인적 없는 골목길까지 들어서 터덜터덜 걷다 보니 막다른 골목이 나왔다.
  "하. 돌아가자."
  "어디로 갈 생각이니?"
  고개를 돌리자 이 무더운 날씨에 깔끔한 남색 정장을 입은 젊은 신사 한 명이 부드러운 미소를 지었다. 유난히 도드라진 그의 각진 턱. 혜성이가 소리쳤다.
  "야! 아까 장례식장에서 봤던 사람이잖아!"
  "이런 똑똑한 자식!" 그가 미소를 머금고 말했다.
  "내 이럴 줄 알았지. 따라 와. 말해줄 시간이 길지 않아서 말이야."
  젊은 신사는 마치 그들의 상황을 알고 있다는 듯 말했다. 내키지 않아 뒤돌아보니 막다른 골목이 뻥 뚫린 길로 변해 있었다. 갈 곳이 없던 혜성이와 승원이는 그에 대한 호기심도 있었기에 따라나서기로 했다. 그의 인상이나 지금까지의 행동을 보면 믿음이 가는 사람이다. 어떻게 해서든 맛있는 음식을 대접하고 편안한 잠자리를 제공해 줄 것 같았다.
  "여기야. 들어와."

생각과 달리 젊은 신사는 아주 허름한 철창문 앞에 섰다. 기름칠도 한 지 오래됐는지 철창문에서 나는 끼이익 소리에 절로 소름이 끼쳤다.

"들어가도 되겠지?" 혜성이가 경계하며 속삭였다.

"길바닥이 아닌 게 어디야." 승원이가 말했다.

뒤따라 들어가니 한 줄로 곧게 늘어선 좁은 마당엔 정리되지 않은 낡은 화분들이 줄지어 있었다. 한눈에 봐도 허름한 단칸방일 터, 벽에는 이리저리 서로 휘감긴 넝쿨들이 그들을 반겼고 남색 페인트칠이 벗겨진 문 앞에서 젊은 신사가 말했다.

"들어올 때 조심해. 자칫하다 쥐를 밟을지도 모르니까." 그는 먼저 안으로 들어갔다.

"저 말 장난이겠지?" 혜성이가 피식 웃었다.

"장난 칠 사람처럼 보이진 않는데?"

아이들은 내심 어떠한 반전이 있을 거라 믿고 싶었다. 하지만 반전은 없었다. 문턱을 넘어서자 작은 부엌에서부터 공기가 탁하고 우유 썩은 냄새가 났다. 방 안은 말할 것도 없이 총체적 난국이었다. 아이들은 바닥에 돌아다니는 쓰레기들을 발로 슥-슥 밀면서 들어왔다. 플래시를 켜자 정말말 그대로 나지막이 곳곳에서 생쥐 소리도 들려왔다. 굳게 닫힌 창문 모서리에는 거미 가족들이 집을 크게 트고 차지했고 혼령들이 금방이라도 벽을 뚫고 튀어나올 것만 같았다. 벽면에는 작은 창고 문이 있었고 오른쪽에는 나무 의자와 책상이 놓여 있었다. 아이들은 무슨 영문인지 몰라 허상에 잠겨 흐뭇한 표정을 짓는 젊은 신사를 빤히 바라보았다. 그는 좋은 시설이 있는 깔끔한 내부에 들어온 것처럼 흐뭇한 표정으로 의자에 앉은 채 그 안을 두리번거렸다.

"반갑구나. 난 리누스야. 너희 할머니와 아주 가까운 사이지."

"저요? 아까 김근식 교장 선생님은 저희 할아버지를 안다 그리고 이젠 아저씨가 저희 할머니를 안다고 하시네요." 자신에 대해 알고 있는 듯한 그의 말투에 승원이가 감정 없이 대답했다. 이제 모든 일이 장난처럼 느껴졌다. 다들 짜고 치고 있다는 생각마저 들었으니까.

"치매가 있어서 요양원에 계실 거예요. 엄마가 그랬거든요. 요양 보호사 분이…."

"엘화르에 대해 알고 있니?" 젊은 신사가 불쑥 물었다.

"엘…화으? 뭐요?" 혜성이가 물었다.

"엘화르?"

승원이가 되새김질해 보았다. 어디선가 들은 적이 있었다. 어렸을 적 영혼들이 자신을 보면서 수없이 지칭했던 단어라는 것을 느끼기까지 오래 걸리지 않았다. 그리고 리누스의 얼굴을 바라보며 생각하다 보니 깨달았다. 할아버지가 돌아가셨을 때 친가들 사이에 껴있던 자신을 걱정스레 보던 사람을 말이다.

"기억이 나는구나?" 승원이의 점차 달라진 표정에 젊은 신사가 물었다.

"아주 조금은요."

"뭐야? 둘이 아는 사이야? 엘화르? 그건 뭔데요?" 듣고 있던 혜성이가 못 참고 끼어들었다.

"영혼과 대화를 나누는 부족이야. 김근식 교장 선생이나 나 역시도 그렇고."

혜성이와 승원이는 영문 모를 표정으로 눈빛을 교환했다. 자신이 부족이라고 말하는 젊은 신사의 말을 그대로 믿어야 할지.

"부족이요? 그렇다면 뭐… 인디언 같은…."

"맞아. 우린 영혼을 보는 부족이자 영혼과 대화를 할 수 있는 부족이야. 아까 우리가 장례식장에 갔을 때 아스테리아 마녀가 바론이랑 손을 잡았다는 것을 확실히 깨달았지. 물론 너도 알겠지만…."

"아스테리아 마녀?" 혜성이가 고개를 갸우뚱거렸다.

"지금 너희 친구들은 아스테리아라는 섬에 갇혀 있어. 이 정도는 알아야 할 것 같구나. 아직 살아 있지만 너희의 도움이 필요하지."

"이미 저흰 알고 있어요. 최근에 린데라 여왕과 대화했거든요. 자신이 아스테리아 섬에서 왔고 친구들은 아직 안전하다고요." 승원이는 아직 그를 경계하며 말했다.

"다행이구나. 아까 많이 놀랐지? 혼령들은 평소엔 그렇게 우릴 괴롭히지 못해. 오히려 두려워하거든. 오래전 부족들의 섬이 닫혔으니 그동안 억눌렸던 감정들을 복수하려는 건지. 의도는 정확히 모르겠구나. 악한 혼령들이랑은 대화하기 힘들어."

"바론한테 물어보면 알 수 있지 않아요?"

"이미 모습을 감췄더구나."

"수상하네요."

"아마 마녀의 소행일 가능성이 크지."

"마녀가 있는지 몰랐어요."

"그래. 그 마녀가 김그린 건축가의 영혼을 조종하고 있단다. 뿐만 아니라 모든 것들을 말이야. 우린 그 마녀와 싸워야 해. 얼굴도 모르는 마녀와 부딪혀야 하지."

"요새 조용하던데, 또 무슨 일을 벌이기 전에 얼른 찾아야 하는 거 아닐까요?"

"아니. 이럴수록 우린 조용히 해야 하는 법이야. 아마 상대방이 안달 나서 가만히 있지 않을 거다."

침침하고 불빛이 들어오지 않는 단칸방 안에 있으니 바깥이 어두워졌는지 알 수 없었다.

"저희 말고 부족들이 더 많나요? 꽤 있는 것 같아서요." 승원이는 최근에 겪었던 일들을 생각하며 물었다.

리누스는 오래전 부족들의 섬이 닫히면서 지금쯤 뿔뿔이 흩어져 있을 거라고 했다. 어디에 있는지 알 수 없다고 말했다.

"그럼… 리누스… 저희 할머니와 할아버지까지 부족이라면 저희 엄마도 부족 아닌가요? 제가 영혼을 본다는 것도 이미 알고 있는 거죠?"

리누스는 대답 대신 곤란한 표정을 지었다. 예상했지만 피하고 싶은 질문이었기에.

"저희 엄마도 볼 수 있는 거 아니에요?" 승원이는 다시 되물었다. 리누스는 뭔가를 말하려 했지만 침묵을 택했다.

"부족들은 비밀이 많은 건가요?" 승원이가 화가 난 말투로 물었다.

"아니, 아니. 그건 아니야. 미안하구나. 지금은 대답하기 어려운 질문을 하는 것 같아서. 그래도 난 네가 마음에 드니까. 어느 정도만 얘기해 줄게."

"감사해요."

"이 세계에선 어릴 적부터 부모님이 읽어 주는 동화책을 읽고 성장한다고 알고 있어. 너희 엄마도 비슷하지만 다소 그 내용이 생소했지. 너희 할머니가 겪은 일에 대한 내용이었거든. 그녀는 정말 좋아했단다. 그땐 당연히 소설이란 생각에서 그쳤을 거야. 하지만 시간이 흐르고 그녀가 네 나이쯤 됐을 때엔 몸에서 부족의 피가 흘렀기 때문에 차츰 영혼들과 대화할 수 있는 능력을 자연스레 갖게 됐어. 책 얘기가 실제라는 것을 깨닫고 많이 놀랐지. 생각해 봐. 어릴 적 엄마가 해주던 가장 좋아하던 동화책 얘기가 실제 자신한테 일어나는 사실이라면 말이야. 그래도 처음엔 꽤 좋아하는 편이었는데 어느 순간부터 영혼을 보고서도 모른 척했어. 낯선 사람마냥 매정하게 변해 버렸어."

"무슨 일이 있었는데요?"

"그건 나도 모르겠어. 너희 엄마는 네가 태어나기 전까지 오랫동안 우리와 떨어져 지냈거든."

리누스는 큰 실수라도 한 듯이 경악한 표정을 짓더니 다시 말을 이었다.

"미안해. 여기서부턴 말해줄 수가 없어. 아니, 말해줄 수 없는 게 아니라 몰라서 그래. 아마 할머니도 너희 엄마가 그러는 이유를 모를 거야. 오히려 사람들은 자신과 가까운 사람들의 속마음을 모르고 지나치기 일쑤잖아? 아무튼 이제 이 얘기는 그만했으면 좋겠어. 나도 썩 기분이 좋진 않거든."

"부족인데도요? 영혼을 볼 수 있잖아요."

"부족끼리는 서로의 영혼을 볼 수도 대화할 수도 없어."

"그럼 리누스, 부족들은 서로의 영혼이 보이지 않으면 부족이라는 건 어떻게 알죠?"

"부족들이 이곳에 들어와서 서로를 알아보지 못하게 됐지만 대신 영혼에게 남긴 표식으로 존재를 느낄 순 있거든. 본래 본인의 몸에도 나 있지만 여기서 지내다 보니까 표식이 많이 흐려졌어. 그래서 대부분 곁에 있는 영혼을 통해서 자연스레 알게 되기도 하지. 자신의 표식을 남기거든. 그걸 통해 서로의 존재를 알기도 해."

"그럼 김근식 교장 선생님은 계속 연락하고 계셨던 거예요? 뭔가 많이 알고 있는데 말하려고 하지 않더라고요."

"역시 테가다워. 비밀이 워낙 많은지라 도망 다니기 바쁜 친구거든. 누구보다 학교 상황을 잘 알고 있기도 하니까 조용히 다니고 싶었던 거지. 그래도 너희는 절대 피할 순 없을 거야. 누군가를 도와주고 싶고 나서고 싶은 행동은 부족으로서 본능적이고 피할 수 없는 운명이야. 그래야 자기가 살아 있다고 느껴지거든."

"리누스, 할머니는 괜찮으신 거죠?" 승원이가 물었다.

"아직까지는. 조만간 사람이 없는 곳으로 이동할까 생각 중이야."

"왜요?"

"방음이 잘 안 되는 시설이라 좀 힘들어. 가장 큰 이유는 지나가다 괴로워하는 영혼들을 발견하면 가만히 둘 수가 없거든. 그게 문제야. 한두 번 내가 다른 말로 돌리느라 힘들었지. 영혼들을 모른 척하기도 힘들고, 헛소리 한다고 증세가 심해졌다 결론짓거든. 할머니를 모욕하는 말은 내가 용서할 수 없어. 이런 상황에 대처하느라 미안하다고 하는 소리도 듣고 싶지 않아. 차라리 나 혼자서 보살피는 장소로 가야 하나 싶기도 하고…."

"왜요?"

"나이가 들면 인지능력이 조금씩 떨어지기 마련이야. 스스로의 힘을 쓰려 하기보다 누군가에게 의지하려는 경향이 있지. 육체보다 건강한 영혼도 있지만… 아무튼 차차 생각해 봐야지. 어차피 나랑 있으니 걱정은 말고."

"승원이 할머니도 저희 학교에 일어난 상황은 알고 계세요?" 혜성이가 물었다.

"아니, 모르지. 내가 너희를 찾은 거야."

"다음에 찾아뵐 때 혹시라도 저를 까먹으시면 어떡하죠?"

"확답은 못 하겠지만. 네 할머닌 생각보단 강한 편이야. 널 절대 잊을 리 없어."

잠시 대화가 중단되었다. 혜성이 핸드폰으로 백준이한테서 전화가 왔다. 낙엽이 보스락 보스락 밟히는 소리가 희미하게 들렸다.

"야. 혜성아! 승원이랑 같이 있어?" 전화를 건 사람은 성현이었다. 목소리가 좋지 않았다.

"응. 어디야?"

그러자 성현이가 목소리를 떨며 말하기 시작했다.

"뒷산이야. 여기 산짐승 같은 건 없어. 전부 승표가 꾸민 짓이야."

"무슨 말이야? 천천히 말해 봐."

"우릴 뒷산으로 부르더니 전부 자신이 한 짓이래. 그러다가 자신이 아니라고 갑자기 소리치는 거야. 오락가락하길래 가까스로 말리긴 했지. 지금은 좀 진정돼서 백준이가 멀리서나마 지켜보고 있긴 한데. 지금 이러지도 저러지도 못해…. 입구 쪽에 경찰들이 쫙 깔렸어."

3초간 침묵이 흘렀다. 젊은 신사가 심히 걱정되는 표정을 지었다.

"음. 느낌이 좋지 않구나." 젊은 신사가 각진 턱을 만졌다.

"그러니까. 뒷산을 그렇게 만든 게 승표가 한 짓이라고?" 승원이가 물었다.

"뭐야? 둘이 같이 있네?! 널 찾던데…?" 성현이는 승원이 목소리를 듣고서 살짝 경계했다. 승원이를 대신해서 혜성이가 대답했다.

"근데 우리 좀 멀리 있어서…."

"괜찮아. 시간이 얼마나 걸리든 상관없어. 우리도 얠 두고 먼저 갈 수가 없어서…. 너희가 올 때까지 안 가겠다고 난리도 아니야. 이대로 경찰들한테 뛰어갈 기세라고."

갑작스레 전화가 뚝 끊겼다. 핸드폰 전원이 꺼져 버렸다. 혜성이는 초조한 마음에 손톱을 물어뜯었다. 승원이도 심각한 표정으로 젊은 신사를 쳐다보았다.

"어쩌죠…? 지금 바로 갈 방법이 없을까요?"

지금 출발해 봤자 기본 세 시간은 걸릴 예상이다. 잠깐 고민하던 젊은 신사가 말했다.

"기다려 봐. 얘들아. 기사한테 연락해 볼게."

"누구요?"

*

하늘에서 비가 조금씩 내리기 시작해 차창을 타닥타닥 두들겼다. 차량 와이퍼가 조금씩 꿈틀거리며 끼익끼익 울어댔다. 승원이는 차창 밖으로 노을이 어슴푸레 지고 있는 정경을 바라보았다. 약간 과격하게 운전하던 기사는 그들을 바로 옆자리에 못 앉게 했다. 시종일관 불만스러운 표정으로 중얼거렸다.

"내 귀한 번호를 그렇게 쉽게 아이들한테 알려 주다니…."

"교장 선생님."

"뭐."

"여기서 얼마만큼 걸릴까요?" 혜성이가 조심스레 물었다. 그는 백미러를 통해 질문했던 혜성이를 슬쩍 보고선 한숨을 내쉬고 대답했다.

"그 질문 여태까지 몇 번째인지나 알아? 마지막 대답이다. 강원도까지는 3시간 30분인데 달래 마을까지 가려면 30분을 더 들어가야 해. 12시쯤 될 거야."

"네? 지금 7시인데요? 그럼 11시잖아요." 혜성이가 지적하자 그가 고개를 돌려 짜증을 냈다.

"계산할 줄 알면서 왜 물어봤대!"

"선생님도 엘화르죠?" 그는 승원이의 질문에는 움츠렸던 어깨를 피며 대답했다.

"물론이지."

"그런데 왜 자꾸만 피하세요?" 혜성이의 갑작스러운 질문에 그는 헛기침을 하며 은근슬쩍 넘어가려 했다.

"겁쟁이라서." 승원이가 아주 작게 내뱉은 말에 자극 받았는지 그가 욕설을 내뱉었다.

"그 자식은 애들 앞에서 무슨 소리를 해댄 거야! 예전부터 그놈은 나를 그렇게 불렀지."

그는 신호에서 차량이 멈추자 고개를 홱 돌려 말했다.

"내가 얼마나 대단했는지 알기나 해? 아직까지도 혼령들이 내가 나타났다 하면 뒤꽁무니를 빼고 저 멀리 달아나는데, 내가 뭔 겁쟁이야! 그 자식도 겁쟁이인 주제에." 그의 얼굴이 순식간에 붉으락푸르락해지더니 땀까지 삐질 났다. 그가 한 손으로 가발인 머리를 득득 긁었다.

"학교는 왜 떠나신 거예요?"

"한 번만 더 입 뻥끗했다간 길거리 신세가 될 줄 알아라."

승원이는 백미러를 통해 노려보는 교장 선생님의 눈동자를 잠시 관찰했다. 어림잡아 60대 초반 정도로 눈가엔 주름이 있지만 그의 눈동자는 달랐다. 탁한 색 없이 뚜렷하고 짙은 고동색이다. 자존심을 건드렸기에 아이들은 조용히 가기로 했다. 이윽고 비가 조금 거세지자 졸음이 쏟아졌다. 혜성이의 고개가 와이퍼마냥 앞뒤로 움직였다.

"이봐 수다쟁이, 의자를 젖혀서 편하게 자면 되잖아."

"안 잤어요. 지금 잘 상황이 아니에요." 혜성이는 대답하면서 의자를 뒤로 젖혔다. 그는 백미러를 통해 승원이를 보고 말했다.

"네 옆에 보면 담요 있을 거야. 넌 그거 덮고 자. 도착할 때쯤 깨워 줄게."

승원이는 담요를 보고선 의아했다. 교장 선생님의 연령대가 가지고 다니기에는 독특하고 귀여운 강아지 담요였다.

"탐내지 마. 내 거야. 너한테 줄 생각 없어."

언제 잠에 들었는지 혜성이는 꿈을 꾸었다. 뒷산에 있던 승표가 양손에 성현이와 백준이를 들고서 우렁찬 목소리로 포효했다. 성현이와 백준이는 혜성이에게 손을 뻗으며 살려 달라고 외치고 있었다. 더욱 굵어진 빗소리와 함께 흠뻑 젖은 승표는 마치 한 마리의 거대한 곰이었다.

"일어나. 얼른 일어나!" 교장 선생님이 괴로워하고 있는 혜성이를 이리저리 흔들었다.

"도착했어요!?"

"아니? 젤리 사왔어."

창밖을 확인해 보니 휴게소였다.

"아니 왜 이리로 오신 거예요! 넌 안 말리고 뭐 했어!"

혜성이는 꿈이 현실로 일어나 혹여 친구들이 다치진 않았을까 걱정되는 마음에 언성을 높였다. 옆에서 김밥 하나를 물고 있던 승원이가 깜짝 놀랐다.

"이 녀석아! 귀 아직 안 먹을 나이야! 먹는 데 한 시간이 걸리냐, 두 시간이 걸리냐. 한 끼도 못 먹어서 그렇게 비실비실대가지고 상대가 되겠어?

밥도 제때 못 챙겨 먹었다면서. 한 방 맞고 쓰러질 거면 이 고생하면서 뭣하러 가. 체력 보충이라도 하라는 거지. 얼른 김밥이나 먹어." 그가 속사포로 말한 후 쫀득한 젤리를 입 안에 마저 탈탈 털어 넣었다.

"그래 봤자 우리 둘이서 승표 못 이겨요. 힘도 세고 덩치도 크거든요."

두 시간을 더 달려 매점 앞에 도착한 차량 위로 가로등 불이 켜졌다. 비는 도무지 그칠 줄 몰랐다.

"자. 이제 걸어가. 학교까지 데려다줬으면 많이 도와줬지."

"저기— 안쪽까지만 부탁드릴게요. 저희 상황 잘 아시잖아요. 네?" 혜성이가 간곡히 부탁하자 그는 잠시 고민하다 의문이 생겼다.

"내가 왜? 차도 태워 주고 밥도 먹여 줬는데?"

그 말에 둘 다 기가 막혀 바로 대꾸하지 못했다.

"그럼 저희가 들어갈 테니까 시선이라도 조금…."

"이것들이 대체 무슨 소리를 하는 거야, 빨리 내려!"

"겁쟁이." 승원이가 무심코 내뱉은 말에 차 안에 깊은 정적이 흘렀다. 또한 번 그의 자존심을 건드린 모양이다. 홧김에 그는 돌연 운전대를 내리쳤다.

'빵!'

세 명 모두 깜짝 놀라 움찔거렸다. 실수로 클랙슨을 눌러 버린 것이다. 그 소리에 입구 쪽에 있던 사람들이 낯선 차량을 발견했다.

"세상에. 내가 또 무슨 짓을 한 거야…." 교장 선생님 얼굴이 새하얗게 질려 버렸다. 경찰관 한 명이 걸어오고 있었다.

"헐, 어떻게 좀 해봐요… 교장 선생님…." 혜성이가 간신히 웃음을 참고서 일부러 그를 재촉했다.

"이… 얘들아. 침착하자. 아니지. 일단 너부터 엎드려!" 그가 호들갑을 떨기 시작했고 아이들은 붙어서 강아지 담요를 머리 위로 덮었다. 가까이 온 순경 한 명이 차 안을 훑어보았다. 무전기 소리가 들리자 그가 문을 두들기곤 누구냐고 물었다.

"누구겠소?" 교장 선생님이 나긋한 목소리로 물었다.

"김근식 교장 선생님!" 얼굴을 확인한 경찰이 깍듯이 인사했다.

"오랜만이구만!" 교장이 소리쳤다.

"다른 차량이라서 못 알아봤습니다. 서울에 계신 줄 알았는데 어쩐 일로 이곳까지 나오셨습니까?"

"갔다 오는 길이야. 상황을 보고자 한번 들렀지."

"피곤하실 텐데… 뒤에 누가 타고 있네요?"

"아… 내 손자들이야. 다들 이 동네 사는데 날 보러 서울까지 왔더라고…. 오는 길이 피곤했는지 둘 다 잠이 들었네. 시간도 늦었는데… 상황은 어떤가?"

"아침부터 수사가 한창입니다. 갑자기 비가 쏟아지는 바람에 잠시 쉬었다가 건물 안을 확인하고 있습니다."

"뒷산은 어떻게 된 건가?"

"비가 와서 냄새도 그렇고 흙이 질퍽해지면 경찰견들이 수사하는 데 방해가 돼서요. 내일 아침에 촬영할 때 진행하기로 했습니다."

교장은 주의 깊게 듣는 것처럼 입술을 조금 내밀거나 고개를 약간씩 끄덕거리더니 물었다.

"촬영?"

"네. 마을 이장님이 지역 방송에 실시간으로 내보낸다고 하더군요. 최근에 뒷산에서 멧돼지가 출몰했다는 소식을 듣고 철두철미하게 수색하려 합니다. 아! 경감님도 와 계신데 한번 뵈시겠어요?" 그가 친절하게 물었다. 교장은 처음 보는 포근한 미소를 보이며 거절했다.

"다음에, 귀여운 내 손자들을 얼른 데려다줘야 해서 말이지. 그래 열심히들 하시고!"

그 얘기를 나누는 도중 혜성이는 번뜩 좋은 생각이 났다. 목소리를 변조해 막 잠에서 깨어난 것처럼 연기했다.

"할아버지, 다녀오세요. 저희 괜찮아요. 여기서 기다리고 있을게요."

혜성이는 대답하면서도 웃음이 터질 뻔했지만 꾹 참아 냈다.

"너희들 피곤하잖아."

"잠깐만 있다 가세요."

이에 못 이겨 김근식 교장 선생님은 헛기침을 하며 옷매무새를 고친 후 차에서 내렸다. 그는 우산을 펴고 경찰을 따라 교문 앞으로 걸어갔다. 이미 운동장 입구에서 순경 한 명이 그를 보고 허리를 꼿꼿이 폈다. 경비실 지붕 아래에 있던 경감도 인사를 했다. 잠시 후 그들은 건물 안으로 들어갔다.

"참. 이럴 땐 머리가 잘 굴러가는 거 같아." 혜성이가 뿌듯한 듯이 말하는 동안 승원이가 밖을 훑어보았다.

"경찰차 세 대가 지그재그로 엇갈려 있어. 그 밑으로 기어가면 될 것 같아. 테가는 어떻게 해서든 빨리 나오려고 할 거야. 지금 나가자."

차 문을 조심스레 닫고 나왔다. 최대한 몸을 굽히고 발끝을 세워 교문 앞에 있는 한 대의 차량 뒤에 숨었다. 간발의 차로 입구 앞에 우비를 쓴 젊은 순경 두 명이 나와서 보초를 섰다.

"목캔디 없어? 오늘부터 야근은 기본일 거야. 지금 서 있는 것조차 고문이다."

"정신 차려. 오늘은 졸아선 안 돼. 제대로 찍힌다고."

어느새 혜성이와 승원이가 경비실 지붕 아래 비를 맞으며 쭈그려 앉아 있었다. 때를 놓치지 않기 위해 혜성이가 먼저 발끝을 들고 경비실 지붕 아래를 지나 언덕 위로 파바박 올라갔다.

"무슨 소리지?" 경찰관 한 명이 고개를 홱 돌렸다.

"빗소리잖아." 한 명이 단호하게 대답했다.

"아냐. 저기서 방금 소리 났어."

"안 났어. 네가 졸린 탓이야."

"났어!"

"아, 있어 봐. 내가 확인해 볼게."

한 명이 손전등을 켜고 언덕을 올라가려 했다. 지켜보고 있던 승원이가 앞에 있던 차를 발로 툭 쳐냈다. 그 소리에 순경 두 명이 행동을 멈추고 급격히 조용해졌다. 분명 과격하게 내리쳐야 나는 소리였다.

"뭐야. 거기 누구야!"

입구에 있던 한 명이 소리치며 차량 뒤편을 향해 방향을 틀었다. 그사이 혜성이는 재빨리 언덕 위로 도망쳤다. 승원이는 숨죽여 있었다. 그들이 다 가오면 미친 듯이 언덕 위로 도망칠 생각이었다.

"어이! 자네들!"

그때 누군가 경찰관 두 명을 불렀다.

"어디 가는 거요?" 경비원이 운동장 입구에서 나왔다.

"아 네… 차량 사이에 뭔가 있어서요."

"참… 그 사이에 뭐가 있겠어. 비를 피할 곳도 없는 가여운 고양이를 뭣하러 건드나. 있어 봐."

도망갈 새도 없이 경비원이 다가왔다. 그가 우산 아래로 흠뻑 젖은 승원이를 내려다보았다. 표정에서 당황한 기색이 역력한 그가 늦기 전에 말했다.

"거봐, 도망갔잖아!"

"네?"

"도망갔다고. 것보다 안에서 경감이 부르던데."

"경감님이요?"

승원이는 몸을 들어 입구 쪽을 확인했다. 세 명 모두 시야에서 사라졌다.

"어이."

허리를 굽혀 이동하는 와중에 깜짝 놀라 고개를 돌렸다. 경비아저씨가 승원이를 보며 턱 끝으로 언덕 쪽을 가리켰다. 고마움의 표시로 고개를 살짝 숙였다. 이내 호기심에 눈으로 말해 보았다.

'감사합니다.'

그러자 그가 고개를 끄덕였다.

Part 11
위험에 처한 승표

비는 언덕을 오르는 길에 차츰 잦아들었다. 주위에서 풀벌레 소리가 들렸다. 핸드폰 플래시를 켜고 어둑해진 오솔길을 지나 수돗가에 도착했다.

"방금 전에 쓴 것 같은데…."

승원이가 수도꼭지를 꽉 잠그고 주위를 살폈다. 찌그러진 낙엽들과 파헤쳐진 진흙 옆 발자국을 따라가 보니 둘만의 아지트까지 가는 길목에 이르렀다. 저 멀리 나무 기둥들 사이로 시커먼 형체가 잠시 보였다가 사라지기를 반복했다.

"얘들아! 꺼. 불 끄라고!"

백준이가 가까운 기둥 뒤에서 나타났다. 겁에 잔뜩 질린 채 자신이 숨었던 기둥 뒤로 불렀다.

"에? 교복을 입고 있네? 어디 갔다 왔어?"

"성현이는?"

"승표랑 조금 더 가까이 있어. 한 시간 전부터 동물처럼 포효하고 이상해지길래… 번갈아 가면서 확인 중이야. 저쪽 기다란 수풀 앞에 있어…. 진짜 정신 나간 애 같아."

"다른 건 없었어?" 승원이가 묻자 백준이는 잠시 고민하더니 번뜩 생각난 게 있는지 말했다.

"맞다. 눈에 무슨 렌즈를 끼고 온 건지… 만났을 때부터 눈이 푸른색으로 변해 있었어. 헐! 저것 봐! 저기 있다!"

백준이가 즉시 손을 뻗어 어딘가를 가리켰다. 승표가 수풀 앞을 서성이며 한 마리의 짐승이 울듯이 허리를 젖힌 채 무섭게 괴성을 질러댔다.

"아까부터 저래. 이러다가 경찰들한테 들키겠어."

그들의 수군거리는 소리가 50미터 떨어진 구간까지 들렸는지 기둥 뒤에 숨어 있던 성현이가 모습을 보였다. 성현이는 이미 지칠 대로 지친 상태였다. 성현이가 손을 휘저으며 가까이 오라는 신호를 했다. 각각 기둥 뒤로 숨어 승표에게 들리지 않도록 조금씩 다가갔다.

"드디어 왔구나? 너희들은 남은 친구들 걱정 따윈 안 하나 보지? 이 육신은 참 따듯하구만. 주인이 안 맞는 자리를 차지하고 있더군." 이를 눈치챈 듯 승표가 허리를 곧게 폈다.

"쟤 말투 아까부터 왜 저러는지 모르겠어. 아저씨 같아. 마을 이장님 말투라고." 성현이가 혜성이를 보며 속삭였다. 승원이는 귀를 기울였다. 분명 아주 가까운 곳에서 쉑쉑거리는 영혼의 숨소리가 들려왔다. 어딘가 숨어 있을 것이다.

"도둑놈 같으니라고, 그곳은 네 자리가 아니야!" 승원이가 소리쳐 말했다.

"멍청한 친구 한 명쯤 잃는다고 달라질 건 없잖아? 앞으로 똑똑해질 텐데." 승표가 그 말에 콧방귀를 뀌었다.

"뭐라는 거야 이 자식이!"

그 순간 함성 소리와 함께 백준이가 나무 막대기를 들고 승표를 향해 돌격했다. 혜성이 옆에 있던 성현이는 백준이의 도발에 놀랐다. 다칠까 봐 안 된다고 자신도 소리치며 따라나섰다. 그 말을 듣고서 백준이가 막대기를 던지고 본인보다 큰 승표의 몸에 매달렸다. 승표가 몸부림치자 나가떨어졌지만 또 매달리고 끈질기게 달라붙었다.

"이 자식아 정신 차려! 앞으로 우리 어떻게 보려는 거야!" 백준이가 울먹이며 소리치자 혜성이가 기둥 앞으로 나와 소리쳤다.

"쟨 승표가 아니야!"

"뭐? 그건 또 무슨 소리야!"

백준이가 넘어졌지만 다시 일어나 매달렸다. 여전히 승표가 괴성을 지르며 팔을 휘저어도 죽기 살기로 붙었다. 성현이는 그쪽으로 뛰어가더니 백준이를 말리려다 본인도 가세해 다른 쪽으로 휙 붙었다.

"잡아! 한쪽 팔 잡아!"

혜성이는 그 주위를 맴돌며 어찌할 줄을 몰랐다. 모두들 한눈판 사이 승원이는 친구들의 화분을 숨겨 두었던 수풀을 잽싸게 젖혔다. 그곳엔 승표의 영혼이 바닥에 몸을 웅크리고 덜덜 떨고 있었다.

"어디 갔던 거야! 내 모습 좀 보라고…. 난 이제 끝났어."

그가 승원이를 향해 원망스러운 눈길을 보내더니 몸을 반대로 돌렸다. 입고 있던 삼베옷이 천 쪼가리마냥 모조리 찢겨 있었다.

"대체 무슨 일이 있으셨던 거예요?" 그 모습이 안쓰러워 승원이는 그에게 처음으로 연민의 감정이 느껴졌다. 문득 이 모든 일이 승표가 꾸며낸 짓이라는 성현이의 말이 떠올랐다. 승원이는 그의 딱한 모습에 동정해 주지 않으려 노력했다.

"왜 이런 일을 벌이신 거예요?"

굶주린 영혼은 고개를 돌리더니 정말 억울하다는 듯이 말했다.

"무슨 소릴 하는 거야? 날 의심하는 거야? 건축가 영혼의 짓이지. 내 육체를 가지고 며칠 전부터 땅에 뭔 짓거리를 해댔다고. 나무막대기랑 자를 들고 와서는 땅을 열심히 파헤쳤지."

"왜 그동안 저한테 말씀 안 하셨어요?"

"그랬다면 날 보복했을 테니까. 그는 숨어서 모든 걸 지켜봤어. 그런데 이곳에 뭘 뒀던 게냐. 저 친구들이 굉장히 궁금해하던데."

"화분이요. 사라졌던 친구들 화분이요."

"아, 그때 교실에 있던 노란 꽃에서 빛이 나더군. 뭐. 그 장면은 나뿐만 아니라 반 학생들의 영혼들은 다 목격했어. 육체는 그걸 볼지 몰라도 영혼들은 알아. 진실을 알고 있다고."

"빛이 난 건 분명했죠?"

"그래. 영혼을 바라보고 있더군."

승원이는 이제 확신했다. 화분에 핀 꽃은 친구들의 상황을 대변해 준다는 것을.

"동작 그만!" 확성기 소리에 승원이는 밖을 확인했다. 백준이와 성현이가 매달린 승표 주위에서 혜성이가 두리번거리고 있었다. 아뿔싸. 혜성이는 미처 피하지 못했다.

"아니, 니들 이런 밤중에 여기서 뭘 하고 있는 거지? 부모님이 걱정도 안 하나?"

모두들 무슨 영문인지 알쏭달쏭한 표정이었다. 물론 그중에는 토끼 눈처럼 휘둥그레진 김근식 교장 선생님도 보였다.

"난 이대로 죽으면… 누가 찾을까…." 승표의 영혼이 뒤에서 중얼거리자 승원이가 다시 다가갔다.

"아무도 날 구하진 못할 거야. 이미 내 몸을 탐내고 있잖아. 나도 그 꼴이 될 거라고. 경비원 영혼처럼 말이다." 그가 몸을 부르르 떨었다.

갑작스레 친구들의 비명 소리가 들렸다. 승표가 쓰러진 것이다. 개들이 짖기 시작하고 다시 아수라장으로 바뀌었다. 어른들은 우선 몸이 지저분해진 학생들을 대피시키기로 했다. 무전기에 대고 무어라 무어라 말하고 있었다.

"이제야 자리를 비웠구만…. 네 친구가 제대로 숨 쉬는 걸 보고 싶거든. 이미 때는 늦었다는 걸 알아둬."

그가 몸을 일으켜 어깨를 축 늘어트린 채 걸었다. 몸속으로 쏙 들어가자 승표가 게슴츠레 뜬 눈으로 수풀 뒤에 숨은 승원이를 쳐다보았다.

*

다음 날 혜성이한테 들은 바론 성현이랑 백준이와 함께 끌려가서 심히 꾸중을 들었다. 뒷산에 있던 이유를 변명할 말이 없어 어쩔 수 없이 승표가 체육 시간이 싫어서 꾸며 냈다가 사건이 커졌다고 둘러댔다. 이미 승표는 고열에 시달리고 있어 그대로 입원을 했기 때문이다. 혜성이는 아무런 잘못이 없다고 성현이가 감싸 주는 바람에 피할 수 있었지만 알고 보니 조건이 있었다. 하도 물어보는 탓에 지금 상황에 대해서는 대충 설명했다고 했다. 성현이와 백준이의 반응은 호의적이었다. 평소 승원이에 대한 편견과 모든 오해가 다소 누그러졌고 그런 일이었다면 자신들도 돕고 싶다고 했다. 덤으로 출입문이나 뒷산 출입 금지는 없애 달라고 부탁해 보았다고 했다.

"어제 마을 이장이 집에 찾아왔는데 무슨 일 있던 거니?" 승원이 엄마가 거실로 나온 승원이한테 물었다.

"뭐 이상한 걸 또 본 거야?"

승원이는 그녀의 질문에 어제 리누스가 말한 내용이 생각났다. 엄마는 일부러 그들을 피하고 있다는 사실을 알게 되었으니 말이다.

"리누스를 만나고 왔어요."

대답과 동시에 그녀가 의자에서 벌떡 일어났다. 표정은 더 이상 듣고 싶지 않은 모양인지 아니면 무엇에 겁에 질린 건지. 엄마는 서랍장을 뒤져선 약을 먹었다. 영혼에 대해 물으면 꼭 저런 과민 반응을 보였다. 승원이는 엄마가 불안한 증세를 보이자 이만 포기하기로 했다. 그때였다.

'똑똑똑'

"누구세요?"

"승원 학생 있습니까?" 마을 이장이었다.

엄마가 얼른 불을 끄더니 검지로 조용히 하라는 사인을 보냈다.

"아니요. 없어요. 돌아가세요." 그녀가 매정하게 대답하고 돌아서려 하자 이장이 다급하게 큰 소리로 말했다.

"아니. 마을 이장이 친히 집까지 찾아왔는데 문을 안 열어 주는 집이 어디 있나! 내가 이 마을 대표인 거 모르시나요?! 최근에 얼마나 체면이 깎였는지 모른단 말이야! 수습하느라 개고생했다 이거야!"

이 사건? 분명 보람병원에서 사람들을 혼비백산으로 만들었던 어제의 일이었을 터, 이대로 문을 열어 줬다간 큰일이다. 이미 승원이 엄마가 문을 살포시 열었다. 창문을 열고 도망쳐야 하나. 이장이 한 발자국 안으로 들어서려 하자 그녀가 가로막았다.

"아들이 문제 있어서 왔다는데 대체 왜 이러시나. 이 집, 참 특이한 집이야. 그래, 여기서 얘기할 생각인가?" 이장은 뒤에 있던 경호원을 슬쩍 보며 헛기침을 했다.

"정당한 심의를 거쳐 결정된 대표 학생들만 올 수 있는 병실에서 그분을 농락한 행위를 했지. 뿐만 아니야. 로비를 운동장마냥 뛰어다니고 사람들 눈에 띄어선 이상한 짓을 했다던데. 쪽팔려서 원."

"만약 제 아들이 아니라면 어떡하실 건데요?"

그러자 그가 한숨을 푹 내쉬며 말했다.

"대단하구만, 대단해. 어제처럼 그럴까 봐 내 오늘은 그 친구를 데리고 왔어! 얘는 저녁까지 뒷산에서 친구들이랑 뭔 짓거리를 했다는 연락을 받고 내가 당장 데려오라 했지!"

혜성이도 끌려온 것 같았다. 잠시 고민하던 승원이 엄마는 이러다간 동네방네 소문이 날까 염려해 문을 열었다. 호기심 많은 마을 이장이 고개부터 집어넣고 의심스러운 눈초리로 집 안을 한번 슥 훑어보았다. 자신보다 높은 선반을 올려다보기도 하고 잔뜩 긴장한 승원이 엄마를 위협하듯 쳐다보기도 했다. 혜성이를 따라 그 뒤로 체격이 좋고 모자를 쓴 경호원 한 명이 들어와 문 앞에 섰다.

"오우! 집 안에 있었구만! 내가 찾아온 이유는 알다마다지?" 이장이 승원이를 보자마자 질문을 던졌다.

"아니요."

"모른다고?"

왜소한 체형의 달래 마을 이장이 승원이 앞으로 당당히 다가가 얼굴을 들이밀었다. 승원이는 고개를 들고 키가 본인보다 작은 이장을 빤히 쳐다보았다. 영혼이 슬그머니 고개를 내밀었는데 조심스럽다 못해 예민했는지 얼굴을 내밀고서 좌우로 굴러댔다. 자신과 마주 보고 있는 엄마를 봤을

터, 당당한 행동과 달리 이장은 겁에 질려 있었다.

"어쩜 이리 뻔뻔한 학생들만 모였나? 지금 나의 편의를 정말 모르는 것 같은데… 수습하느라 고생했단다. 그렇게 나오면 안 돼. 승원 학생, 봤다는 증거가 너무 많아. 하나같이 로비에서 너희들이 이상한 행동을 취했다 했어. 지금 너희 태도를 보고 아주 곰곰이 생각해 봐야 할 것 같구나. 어떻게 해야… 너희들이 잘못을 인정하고 떨어진 나의 체면이 살까 하면서 말이다. 요 근래 나에 대한 평이 안 좋아지고 있어서 이장 선거를 다시 하자는 소식이 들리고 있거든."

이장은 다정한 말투로 말하다가도 갑자기 열을 내기도 하며 흥분 상태였다. 말하는 동안에 자꾸만 입구에 선 혜성이와 경호원이 있는 쪽을 확인했다.

"내가 이런 일들로 인해서 어찌나 골치가 아픈 줄 알아? 묻힌 사건이 자꾸만 들춰지도록 만들지 말란 말이야. 사건이 생기기 전까지만 하더라도 땅값이 어찌나 올랐는데… 너희 때문에 다시 주춤하잖아!"

그가 불안하게 열변을 토하는 사이 이장의 영혼은 대화하고 싶지 않은 듯 승원이가 불러내도 그의 육체를 떨릴 정도로 붙잡고 있었다. 이장은 잠시 의문점이라도 생겼는지 이번엔 몸을 돌려서 승원이 엄마를 보고 물었다.

"아니, 왜 자네는 아들을 방치하고 잘못에 대해서 감싸 주려 하지? 부모라면 혼내고도 남았을 텐데. 다신 안 그러도록 이 나이 때부터 버릇을 고쳐야지. 그렇게 키우면 나중에 훌륭한 사람이 못 돼요."

"이장님. 그건 제가 알아서 해요. 거기까진 간섭 안 하셔도 될 것 같은데요."

승원이 엄마가 지지 않고 대꾸하자 이장은 그 대답에 얼굴이 새빨갛게 변했다. 그 적막함 속에 바깥에서 시동을 거는 소리가 들렸다.

"밖에 누군가 있나 봐요?" 인기척에 승원이 엄마가 말했다.

"뭐?"

이장이 크게 당황했고 극도로 시선 처리가 불안해졌다. 문 쪽을 바라보았다. 반복되는 그 행동에 승원이가 유심히 살펴보았다. 알고 보니 이장은 문 앞에 서 있는 체격이 든든한 경호원을 보고 있었다. 승원이는 경호원을 뚫어지게 주시했다. 모자로 인해서 이목구비가 잘 보이진 않았지만 표정이 꽤 어두웠다. 승원이는 뭔가 이상하다고 느꼈다. 경호원의 눈빛에 어떠한 표정도 없었고 움직임도 보이지 않았다. 승원이는 고개를 돌려 이장과 잠시 눈이 마주쳤다.

'도망쳐.' 그의 눈을 읽었다. 아니, 눈 속에 가려진 그의 영혼이 말했다.

'바론이 시켰어.' 이장의 흔들리는 눈빛 속에서 영혼이 두려움에 떨며 눈으로 말했다.

"바론?"

무심코 내뱉은 승원이의 목소리를 안에 있던 모두가 들은 듯했다.

"뭐라고 이 녀석이?"

깜짝 놀란 이장이 황급히 손을 들어 위협했다.

"그만!"

그 순간 승원이 엄마가 무섭게 소리쳤다. 마을 이장은 당황했는지 그녀를 쳐다보았다. 그녀는 본인도 모르게 나온 행동에 살짝 놀랐지만 이장을 향해 한 걸음 다가가 말했다.

"가만 보니까 이장님, 점점 상황이 불리해져서 그런 것 같은데요. 오늘은 제가 알던 이장님이 맞나 싶을 정도로 너무 무례하시네요. 부모가 지켜보는 앞에서 자식을 협박하다니요. 지금 당장이라도 마을 사람들한테 보고하러 갈 겁니다."

"아… 아닐세! 분명 애네 둘이 뭔 일을 저질러 놓고 숨기려 하고 있는 거야! 난 더 이상 상황이 악화되지 않도록 잠깐 이 학생들을 데리러 가려고 했을 뿐이지!"

"학생들이 잘못했지만 큰일을 저지르지 않았으면 된 거 아닌가요, 이장님? 저희 가족은 말이에요. 주변에 이상한 기운이 있으면 상대방의 눈빛만 봐도 알 수 있는 능력이 있어요."

그리고 다시 그녀가 그의 귀에 속삭였다.

"직감이란 게 있어요. 아직까진 느껴지거든요."

그러자 이장은 경호원을 슬쩍 쳐다보았다. 경호원은 초점 없이 아까와 똑같은 표정이었다. 승원이가 그를 유심히 살펴보았다. 영혼이 보이지 않는 것이 아니라 영혼이 없는 육신의 껍데기였다.

"다… 다음에 다시 찾아오지. 그때는 이렇게 나오면 다들 아주 혼이 날 걸세. 아주 무례한 가족이구만. 마을 이장을 이런 식으로 대하다니!"

마을 이장은 꼬리를 내리고 황급히 자리를 떠났다. 집 안은 그대로였지만 엉망진창 어질러 놓고 간 기분이었다.

"바론을 만나고 왔어?" 승원이 엄마가 승원이를 향해 혼내듯 물었다.

"바론을 알아요?"

그녀는 잠깐 이성을 잃고 질문했다는 생각에 입 안에서 우물쭈물 할 말이 맴돌았다. 그러다 다시 승원이를 향해 다가오며 주의했다.

"네가 지금 무슨 일을 벌이고 있는지 모르겠지만 엄마가 매번 당부했지. 영혼들을 무시해. 대화해 봤자 좋을 것 없어. 그러다 네 자신도 잃어버릴 거야. 절대, 얘기하지 마."

"싫어요."

"뭐?!" 그녀가 소리쳤다.

"싫다고요! 그럴수록 제가 얼마나 스트레스를 받았는지 아세요? 영혼들을 무시할수록 전 제 자신을 잃는 기분이었다고요. 친구도 못 사귀고 항상 혼자였어요. 지금은 그들을 이해하고 대화하려고 하니까 진정으로 다시 태어난 느낌이에요. 이제야 제가 살아 숨 쉬는 것 같다고요."

승원이는 진심 어린 속마음을 엄마한테 솔직하게 전달했다. 혜성이는 그 사이에서 어쩔 줄 몰랐다. 그녀는 눈물을 꾹 참아 내며 입술을 세게 깨물었다. 승원이는 엄마가 자신을 끌어안고 이해해 주길 바랐다.

"아니야, 아닐 거야. 승원아, 넌 아무것도 몰라. 그 일들 때문에 장차 네 앞에 얼마나 장애물들이 생길지, 어떤 일들을 초래할지 아무것도 모른다고. 지금 무서운 짓을 벌이고 있는 거야. 난 네가 이러는 꼴 못 본다. 절대 안 돼."

그녀는 아들을 다시 한 번 쳐다보더니 흐느끼며 집 밖으로 나가 버렸다. 집 안은 침묵만이 감돌았다. 승원이는 방금 한 말을 크게 후회했다.